中华人民共和国史小丛书

主　　编｜朱佳木

执行主编｜武　力

新中国科普70年

中国科普研究所科普历史研究课题组　著

北京出版集团公司
北京人民出版社

图书在版编目（CIP）数据

新中国科普70年 ／ 中国科普研究所科普历史研究课
题组著. — 北京：北京人民出版社，2019. 12
（中华人民共和国史小丛书）
ISBN 978－7－5300－0479－1

Ⅰ. ①新… Ⅱ. ①中… Ⅲ. ①科普工作—发展—研究
—中国 Ⅳ. ①N4

中国版本图书馆CIP数据核字（2019）第211034号

中华人民共和国史小丛书
新中国科普 70 年
XINZHONGGUO KEPU 70 NIAN
中国科普研究所科普历史研究课题组　著

＊
北 京 出 版 集 团 公 司
北 京 人 民 出 版 社　出版
（北京北三环中路6号）
邮政编码：100120
网　　　址：www . bph . com . cn
北 京 出 版 集 团 公 司 总 发 行
新 华 书 店 经 销
北 京 建 宏 印 刷 有 限 公 司 印 刷
＊
880 毫米×1230 毫米　32 开本　8. 25 印张　121 千字
2019 年 12 月第 1 版　2020 年 6 月第 2 次印刷
ISBN 978－7－5300－0479－1
定价：38. 00 元
如有印装质量问题，由本社负责调换
质量监督电话：010－58572393

序

　　"中华人民共和国史小丛书"是为响应党中央关于在党员干部和广大群众特别是青年学生中加强新中国史学习、开展新中国史教育与宣传的号召，由中国社会科学院当代中国研究所和北京出版集团联合编辑出版的一套新中国史普及读物。

　　中华人民共和国史是指1949年中华人民共和国成立后，中国版图之内的社会与自然的历史。它上承中国近代史，是中国的现代史、当代史，或者说是中国历史的现代部分、当代部分。这一历史至今已有70年，目前仍在继续向前发展。它是中国有文字记载以来的历史中，真正由人民当家作主，且社会最稳定、民族最团结、国力最强盛、人民生活最富裕、经济和科技进步最快的时期。

　　早在新中国成立后不久，便有人研究和撰写新中国史，但严格意义上的新中国史编研，应当说始于中共十一届三中全会后对建国以来若干重大历史问题的总结。从那时起，党和国家陆续编辑出版了大量有关新中国史的文献书、资料书，成立了专事编研新中国史的当代中国研究所和各地编研当地当代史的机构，建立了全国性的新中国史工作者的社会团体和许多学术平台，产生了不胜枚举的新中国史学术成果，也涌现出为数众多的新中国史编研人才。所有这些，都为新中国史编研的持续开展提供了必要条件，奠定了坚实基础。

党的十八大以来，以习近平同志为核心的党中央，对新中国史的学习、研究、宣传给予了前所未有的高度重视。习近平每当讲到党史时，往往把它与新中国史并提。他强调："学习党史、国史，是坚持和发展中国特色社会主义、把党和国家各项事业继续推向前进的必修课。""要认真学习党史、国史，知史爱党，知史爱国。"

2019年3月"两会"期间，习近平在参加全国政协社会科学界与文艺界委员联席会时进一步指出，我们国家在过去70年里发生了翻天覆地的变化，希望大家深刻反映新中国70年来党和人民的奋斗实践，深刻解读新中国70年历史性变革中所蕴藏的内在逻辑，讲清楚历史性成就背后的中国特色社会主义道路、理论、制度、文化优势，更好地用中国理论解读中国实践，为党和人民继续前进提供强大精神激励。

同年7月，中共中央"不忘初心、牢记使命"主题教育领导小组又专门就认真学习党史和新中国史的工作印发通知，要求各地区、各部门、各单位把学习党史、新中国史作为主题教育的重要内容。

党中央对新中国史学习与宣传教育的高度重视，为新中国史编研的进一步开展创造了良好的社会环境，也大大提高了社会对新中国史的关注度和对新中国史书籍的需求。本丛书就是在这种大背景下策划和推出的。

本丛书以展示新中国历史发展的主题、主线、主流、本质为宗旨，以新中国的典章制度和重要事件、人物以及事业发展、社会变迁、历史成就为内容，以新中国史学科的专家、学者为依托，以中等以上文化程度的读者为对象，以学术性、准确性、通俗性相结合为原则，以记叙文为文体。每本书只记述一件事或一个人物，字数一般在10万字左右。

新中国史的内容极为丰富，应写、可写的题目非常之多，但囿于编委会能力所限，第一批书目仅列了100种，计划每年推出10～20本，在五六年内出齐。今后如有可能，我们将会继续编辑出版。

今年是中华人民共和国成立70周年，我们谨以本丛书向70周年大庆献礼，祝愿我们的伟大祖国不断繁荣昌盛，从胜利走向新的胜利！

朱佳木

2019年9月1日

目　录

前　言

当今时代，科学技术无所不在，成为推动和引领社会经济发展的主导力量。科普的重要性伴随着人类社会的发展日益凸显。大力发展科普事业，提高公民科学素质已经成为世界各国提升综合国力的战略共识。近年来，我国科普事业受到党和政府前所未有的高度重视成为历史的必然。

1949年9月21日，中国人民政治协商会议召开，会议通过了具有临时宪法作用的《中国人民政治协商会议共同纲领》，规定："努力发展自然科学，以服务于工业农业和国防的建设。奖励科学的发现和发明，普及科学知识。"体现了党和国家对科学及科学普及的重视。1949年10月1日，中华人民共和国的成立，为各项事业包括科普事业的发展提供了良好的社会环境。1953年4月，中共中央向各省、市党委发出《关于加强对科学技术普及协会工作领导的指示》，文件强调：科学知识的宣传，不但对人民群众唯物主义世界观的形成和迷信保守思想的破除有其重要作用，而且在今后国家大规模建设时期中，劳动人民学习科学技术的要求将日益增长，群众性的科学普及工作必将有更大的发展。因此，科普的工作应当引起党的重视，党应当建立对于各地科普协会的领导。这一指示发布后，各地方党委普遍加强了对科普协会工作的领导和支持。1958年9月18日至25日，全国科联和全国科普联合召开全国代表大会，宣布中华人民共和国科学技术协会成立，我国的科普工作从此由原来的全国科普转入中国科协。"文化大革命"初期，科普事业遭遇了严重挫折，各项工作几乎陷于停滞。1978年3月18日，全国科学大会在北京召开，邓小平作了重要讲话，我国迎来"科学的春天"的同时，科普事业欣欣向荣。

1992年3月，国务院颁布《国家中长期科学技术发展纲领》，对今后10～30年科学技术的发展做出总体安排时，指出科普工作要"坚持提高与普及相结合方针，在做出科学技术发展纵深部署的同时，大力开展群众性技术革新活动，努力普及科学知识，不断提高劳动者的科学素质，同愚昧、迷信做长期的斗争"。1994年12月5日，《中共中央、国务院关于加强科学技术普及工作的若干意见》颁布实施。文件要求各级党委和政府把科普工作提上议事日程，通过政策引导、加强管理和增加投入等多种措施，切实加强和改善对科普工作的领导。2002年6月29日，《中华人民共和国科学技术普及法》颁布，成为迄今为止世界上第一部科普法。

　　2005年12月26日，国务院颁布《国家中长期科学和技术发展规划纲要（2006—2020年）》，从"实施全民科学素质行动计划""加强国家科普能力建设""建立科普事业的良性运行机制"三个方面对我国科普事业进行了规划，提出"以促进人的全面发展为目标，提高全民科学文化素质。在全社会大力弘扬科学精神，宣传科学思想，推广科学方法，普及科学知识"。这是中国政府首次把科普工作作为一项专门内容纳入国家中长期科技规划，从科技发展战略的高度对我国科普事业进行总体规划。2006年2月6日，国务院制定并实施《全民科学素质行动计划纲要（2006—2010—2020年）》，提出了未来15年我国公民科学素质建设的方针目标、任务措施；明确了提高公民科学素质是国家的重大战略任务，是建设创新型国家的一项基础性社会工程；设定了中国公民科学素质建设的近期、中期和长远三个阶段的任务目标。这意味着，作为一项长期的任务，全民科学素质建设将惠及全国人民。2007年1月17日，科学技术部、中共中央宣传部、国家发展和改革委员会、教育部、国防科学技术工业委员会、财政部、中国科学技术协会、中国科学院联合下发《关于加强国家科普能力建设的若干意见》，指出加强国家科普能力建设是建设创新型国家的一项重大战略任务。2016年7月28日国务院印发的《"十三五"国家科技创新规划》从创新角度强调"全面提升公民科学素质，加强科普基础设施建设，加快科学精神和创新文化的传播塑造，使公众能够更好地理解、掌握、运用和参与科技创新，进一步夯实创新发展的群众和社会基础"。中国科普事业进入了历史上最好的发展时期。

2019年正值中华人民共和国成立70周年之际，系统回顾和整理我国科普事业的发展历程，这中间既取得了宝贵的经验，有过繁荣发展的辉煌时期，也曾经历过低谷，历经磨难。从目前我国科普事业发展的规模和科普活动的积淀来看，科普历史到了应该整理且可以整理的时刻了。清晰梳理新中国成立以来我国科普发展的历史脉络，客观地反映我国科普的发展状况，总结当代中国科普发展的规律，必将具有重要的现实意义和理论价值。弗朗西斯·培根有句格言"史鉴使人明智"。我国典籍《大学》曰"物有本末，事有终始，知所先后，则近道矣"。系统客观地研究新中国不同时期科普发展的历史，不仅对于探索新时期科普工作的创新和促进科普学的研究具有重要理论意义，而且对于建设创新型国家具有重大现实意义。

此书由中国科普研究所颜实副所长策划并兼顾问，内

容经中国科普研究所科普历史研究课题组多次讨论，四位
具体执笔人的分工情况如下：颜燕负责第一章、第二章的
写作，张英姿负责第三章的写作，张会亮负责第四章、第
五章的写作，李正伟负责第六章的写作，高宏斌负责全书
的统稿工作。

一、新中国科普事业的创立（1949—1958）

　　1949年10月1日，中华人民共和国举行开国大典，毛泽东主席在北京天安门城楼上向全世界庄严宣告中华人民共和国中央人民政府成立了，从此，一个新时代开始了，社会开始进入和平稳定发展的新阶段，为各项事业包括科普事业的发展提供了良好的社会环境，科普工作迎来了新的发展阶段。

　　新中国成立后，国家的经济状况很差，当时首要的任务是大力发展经济，一切工作都必须围绕和服务于经济建设这个中心。1953年，随着第一个过渡时期总路线的提出，大规模经济建设开始，第一个五年计划开始实施。经济的发展，需要大量工农业技术人员来支撑，"三年内需要工程师2万、技术员10万"，但当时"近十年来理工科毕业生也不超过2万，农业技术人员远远不到这个数目"①。同时，我国的整体教育水平十分低下，文盲比例

① 《几个数字谈科普工作》，《科学时代》，1950年第3期。

很高，单纯的正规教育很难满足社会的需求，因此，直接、迅速地把现有的生产知识向劳动人民进行普及的社会性教育，成为适应当时形势发展的重要途径和手段。

在科技方面，党和人民政府立志发展科技事业，积极领导和组织了中国科学院的建立，呼吁海外学子归国，召开中华全国第一次自然科学工作者代表会议（简称"科代会"）。在科代会上，党的"人民科学"的方针确立并逐渐为科学界接受，科学界认同正确的努力方向是"为国家建设服务，为人民大众服务"。1956年1月，全国知识分子问题会议召开，肯定了知识分子中的绝大多数已经是工人阶级的一部分，以及他们在社会主义建设中的作用，向全国人民发出了"向科学进军"的号召。同年5月，毛泽东提出在科学和文化事业上的"双百"方针，学术思想空前活跃，党又制定了《1956—1967年科学技术发展远景规划纲要》，科学技术事业迅速发展，科技工作者深受鼓舞。科学技术事业的发展，要求人民群众科学文化水平的提高，以形成全社会共同推动科技发展的社会基础；而解放后的工人和农民在经济建设高潮中，生产热情很高，但由于缺乏科学知识，在很多生产方法上比较落后和保守，人民群众希望通过学习科学技术来摆脱这种状况。科技发展的要求和科普受众的需求相一致，同时又有科普主体的积极参与，从而促进了当时科普的发展。

经济、科技的发展急需大众科学文化水平的提升，科普的目的正是为了提高人民群众的科学文化水平。科普与国家发展的中心任务相契合，因而获得了更多的发展空间，为社会主义科普事业的发展开了好头。科普被纳入党和政府统一领导的轨道，并在法律上被承认和肯定。

有计划有组织地开展人民科普工作

新中国成立后，中国共产党所建立的科学事业是人民科学事业，党在长期斗争中形成的群众路线延伸到科学事业中，作为科学普及的科普事业也必然是以人民为基础，为人民服务的。不同于新中国成立之前科学传播和科学传播团体的独立自主发展，新的科普事业一开始就由专门机构进行统一管理。它是一项崭新的事业，没有太多的桎梏，但也没有太多经验可循，它是在不断探索中建立和发展起来的。

1. 确立了科普为人民服务的方向

早在抗日战争时期，中国共产党就深刻地认识到科学技术的重要作用，毛泽东在陕甘宁边区自然科学研究会成立大会上曾深入浅出地指出："自然科学是很好的东西，它能解决衣食住行等生活问题"，"自然科学是人们争取自由的一种武装。人们为着要在社会上得到自由，就要用社会科学来了解社会，改造社会，进行社会革命。人们为着要在自然界里得到自由，就要用自然科学来了解自然、克服自然和改造自然，从自然里得到自由"①。正是因为有这种对科学重要性的认识，中国共产党在筹备中国人民政治协商会议过程中提出让"科学界"、科学家团体参加中国人民政治协商会议（简称"政治协商会议"），参政议政，共商建国纲领。由此先后召开了中华全国第一次自然科学工作者代表大会筹备会（简称"科代筹"）及科代会，这两次会议连同政治协商会议，确定了科普的性质、目的、原则、组织机构，为科普工作指明了方向。科普由此被纳入新政府统一管理的轨道。

1949年7月13日，科代筹正式会议在中法大学礼堂举行。为准备这次会议的召开，1949年5月14日—6月17日间，先后召开过5次全国科学会议筹备会促进会，并于6月19日在北平灯市口召开中华全国第一次科学会议筹备委员会成立大会②，为科代筹正式会议做准备。科代筹正式会议召开当日到会的筹备委员205人，来宾及记者近百人，是当时中国科学界历史上规模最大的会议，会议由吴玉章致

① 《在陕甘宁边区自然科学研究会成立大会上的讲话》，中共中央文献研究史编：《毛泽东文集》第二卷，人民出版社1999年版，第351页。

② 王扬宗：《1949—1950年的科代会——共和国科学事业的开篇》，《科学文化评论》，2008年第2期。

开幕词，徐特立、叶剑英、李济深、郭沫若等相继致辞，下午的大会上，周恩来发表讲话。在这些讲话中，科学为人民服务、科学家与工农大众相结合的观点一再被强调。叶剑英指出：我们已进入了人民的时代，科学工作者要把自己改造成为真正人民的科学家，真正为人民服务，把科学上一切成果献给人民，把科学成为发展生产、繁荣经济、增进人民幸福的东西，这样才真正的叫作人民的科学家①。周恩来的讲话主要有4个方面的内容：政治与科学、理论与实践、普及与提高、组织和计划。他认为科学是无法"超政治"的，科学为政治所支配，所管辖，新民主政治使科学不为反动统治而为人民服务；他强调理论与实践相结合的重要性：科学是人类历史遗产，科学家是社会财富，只有理论与实践结合才能更发扬光大；对于科学之普及和提高的关系，他认为是相成相助的，"一面提高一面普及，普及人要多，提高人要精，从多中走向精，在普及基础上提高，在提高指导下普及"②；关于组织和计划问题，他指出科代会将要成立的组织，应当是一个广泛的群众性的组织，只要不反动，都在欢迎之列。他还宣布在不

---

① 叶剑英：《世界上没有孤立的科学》，《科学通讯》，1949年第2期。
② 1942年5月，在《在延安文艺座谈会上的讲话》中，毛泽东提出文艺为工农兵服务的方针，并指出"普及是人民的普及，提高是人民的提高""我们的提高，是在普及基础上的提高；我们的普及，是在提高指导下的普及"的原则。这一文艺上的原则被周恩来延伸至科学之普及和提高。

久的将来，要成立为人民所有的科学院。①周恩来的上述
讲话，将中国共产党的群众路线、理论联系实际的优良作
风延伸至科学领域，探索用革命斗争胜利的经验来管理科
学和科普事业。这是中国国家领导人第一次在正式场合下
系统地提出对科普事业发展的明确主张。周恩来的这4点
主张作为指导思想，在很长一段时间内指导着中国科学及
科普事业的发展。此后相继召开的政治协商会议及其产
生的《共同纲领》以及科代会，也都贯彻、体现着这些
思想。

科代筹选出正式代表15人，候补代表2人代表科学界
参加政治协商会议。1949年9月，科学界代表同各界代表
一起参加政治协商会议，会议通过了具有临时宪法作用
的《共同纲领》，在第五章"文化教育政策"中的第四十
一条、四十二条、四十三条，体现了对科学、科普的基
本政策。第四十一条规定："中华人民共和国的文化教
育为新民主主义的，即民族的、科学的、大众的文化教

---

① 周恩来：《在中华全国第一次自然科学工作者代表会议筹委会全体会
议上的讲话提纲》，中共中央文献研究室、中央档案馆编：《建国以来周恩来文
稿》第1卷，中央文献出版社2008年版，第119—120页；周恩来：《周副主席恩来
在科代筹备会上讲话摘要》，《科学通讯》，1949年第2期。前一个文献是根据
周恩来手稿整理的讲话提纲，后一个文献是根据周恩来在会议上的讲话整理的摘
要，两个文献中前三方面是一致的，第四方面手稿和讲话有所不同，手稿的第四
方面是自由研究和计划研究问题，他主张以"后者为主，逐渐走向计划。研究方
向，研究计划，成立机构，分工合作"。

育。人民政府的文化教育工作，应以提高人民文化水平、培养国家建设人才、肃清封建的、买办的、法西斯主义的思想、发展为人民服务的思想为主要任务。"第四十二条规定："提倡爱祖国、爱人民、爱劳动、爱科学、爱护公共财物为中华人民共和国全体国民的公德。"第四十三条规定："努力发展自然科学，以服务于工业农业和国防的建设。奖励科学的发现和发明，普及科学知识。"这些规定，体现了党和国家对科学及科学普及的重视，明确了科学及科学普及的目的，科学和科普是为大众服务的，要"服务于工业农业和国防的建设"。科普是国家发展的工具，其政治属性又在此得以体现。

《共同纲领》颁布后，在中央人民政府政务院文化教育委员会的领导下，文化部设立科学普及局（简称"科普局"）负责科学的普及，将科普纳入国家统一管理，以服务于国家发展的需要，同时成立中国科学院，负责科学的提高。

1950年8月18—24日，科代会在北京清华大学礼堂正式召开。中华人民共和国中央人民政府委员会副主席朱德、李济深，中华人民共和国中央人民政府政务院总理周恩来、副总理黄炎培等出席开幕式并先后在大会上讲话。毛泽东主席接见了全体代表。科代会为新中国科技团体的建立，奠定了思想基础和组织基础，圆满完成了它的历史任务。科代会的主要成果是：（1）广大科技工作者紧密地团结在中国共产党周围，决心为新中国建设事业服务；（2）广大科技工作者明确了科学工作的方向，提高了思想认识；（3）科技工作者与政府和企业部门的密切联系有了良好的开端；（4）决定成立"中华全国自然科学专门学会联合会"（简称"全国科联"）和"中华全国科学技术普及协会"（本书简称"全国科普"，在当时对它的简称是"科普"或"科普协会"，因此文中引用文献仍按照引文的称呼）两大科技团体。从此，中国的科技社团在中国共产党的领导下，由各自独立活动逐步走向了联合统一。

这是新中国科普事业开端的三次决定性的会议。三次会议都充分肯定了科学普及的重要性，明确了以下几个问题：一是科学和科普工作的方向和目的，是要全心全意为人民服务，为国家经济建设服务；二是科学和科普工作要坚持理论联系实际的原则，在处理科学与普及的关系时要遵循"在普及基础上提高，在提高指导下普及"的原则；三是科学的普及同科学一样是具有政治属性的，为政治所支配、所管辖，为此成立了专门的机构和组织进行管理。

1953 年 4 月，党中央向各省、市党委发出了《关于加强科学技术普及协会工作领导的指示》，这是中华人民共和国建立后第一个专门的科普文件，进一步明确和加强了党对全国科普工作的领导。1954 年 9 月，第一届全国人民代表大会通过《中华人民共和国宪法》，总纲第20条规定："普及科学和技术知识，奖励科学研究成果和技术发明创造。"科普被写入国家根本大法，从法律上肯定了科普的重要地位。

2. 设立专门科普机构

新中国成立初期，科普工作的组织管理形式，经历了由政府行政机构科普局统一管理，到科普局同科学群众团体全国科普共同推进，再到由全国科普主要负责的发展过程。

新中国成立前，各社会团体开展过大量的科普工作，但没有一个真正的专门科普机构。1949年11月1日，根据《共同纲领》的要求，中央人民政府在文化部下设了科普局，负责领导和管理全国的科学普及工作。著名化学家和社会活动家袁翰青任局长，物理学家王书庄担任副局长，著名科普作家高士其担任顾问。"科普局规模相当可观，局机关有四处一室，即组织辅导处、编译处、器材处、电化教育处和办公室，共50多人。下面还有4个直属事业机构，即中央科学馆筹备处、电化教育工具制造所、博物标本制造所和仪器制造厂，共有好几百人。"①

科普局出版《科学普及通讯》，1950年3月10日出版

---

① 章道义：《中国科普：一个世纪的简要回顾》（序），《中国科普名家名作》，山东教育出版社2002年版，第6页。

第1期，共出版10期，1951年改名为《科学普及工作》，共出版7期，刊物以推动科学宣传、交流普及经验为目的，主要任务是"阐明普及科学知识在新民主主义文化建设中所占的地位和起的作用，进而促进科学文教工作者对科普工作的重视，并鼓动大家通过各种不同方式进行科普工作；其次是发表政策性及原则性的意见以进行思想领导，报道工作情况，讨论工作方法，交流和总结工作经验，此外供给科普资料藉以推动全国科学普及运动的不断进展"。[①]科普行政机构调整后，该刊物随之停刊。两年的时间里，《科学普及通讯》（《科学普及工作》）刊载文章、消息等超过400篇，内容涵盖科普工作的方方面面，是当时大众了解科学普及工作的主要渠道，对于大众认识和了解科普工作并投身科普工作，起到了积极的推动和引导作用。

1950年3月21日，科普局还成立了科学普及实验协会，以便会员学习并实验科学普及工作，在工作中了解群众创造经验并帮助会员精通科普局的工作业务。科学普及实验协会设总干事及讲演、编写、电教、咨询4组，讲演组承办机关业余文化校的自然科学教学，编写组为华北军区的《战友》及《北京工人》报刊供给自然科学稿件，电教组负责科学影片的施教、审阅和试映工作，咨询组解答

---

① 《科学普及工作》编辑部：《结束语》，《科学普及工作》，1951年10月号。

各地劳动人民寄到科普局来的问题。[1]

科普局注重组织建设，对"全苏政治与科学知识普及协会"多有推崇和借鉴。但由于当时还不具备组织这种大规模的团体的条件，因此提出"分头组织"的号召，动员各地各学校广泛组织科学普及小组，为建立全国性的科普组织打基础。

科普局以工农兵作为科学普及的主要对象，以普及基础自然科学知识为主要内容，广泛动员自然科学家、工程师、技师、农业工作者、医务工作者、教师以及青年学生等一起动手，把科学普及工作做成一种群众性的运动，合理运用文字、讲演、广播、图书、幻灯、电影、模型等形式，使科学和大众结合，使科学成为真正的人民科学。在面向工农兵普及科学知识的总方向下，科普局从两方面具体开展工作："一面在全国范围内推动所有可以动员的力量参加工作，使科学普及工作成为一个群众性的运动；一面为开展这一运动准备必要的物质基础。"[2]针对当时民众普遍文化水平不高的状况，科普局科普工作的主要方式是举办展览和自然科学讲座，近距离展示和传授科学知识，以求尽快达到科普的目的。据统计，1949年11月—1950年10月间，科普局共举办规模较大展览65次，其中城

---

① 《科学普及实验协会》，《科学》，1950年第4—12期。

② 《四个月来的科学普及工作》，《科学普及通讯》，1950年第1期。

市58次，以巡回方式在农村展出7次，累计参观人数超过360万人[①]。

全国科普成立后，同科普局共同推动科普工作的开展。1951年10月1日，文化部科普局和文物局合并，成立社会文化事业管理局，除了全国的科学馆工作归新局领导外，其他推动和组织科学普及工作的任务统一由全国科普来担任。

全国科普和科普局这种政群结合、相辅相成、共同开展科普工作的运作方式，原本是一条可以继续探索、不断完善的路子，但由于当时全国刚刚解放，马上又抗美援朝，国家的财力、物力、人力都很困难，难以用相当的投入去发展科普事业。同时主管部门也感到科普是整个科技界的共同任务，一些有关部门也在做。如农业部门有农业方面的宣传推广机构，卫生部门有卫生方面的宣传教育机构，而文化部则主要是管文化艺术事业的，对整个国家的科学技术普及工作难于领导。科普协会成立之后不久，文化部就把整个科普事业的组织推动工作移交科普协会去做了。[②]

从1949年11月1日成立到1951年10月1日，科普局共存

① 刘新芳：《中国当代科普史研究》，中国科学技术大学2010年博士论文，第24页。

② 章道义：《中国科普：一个世纪的简要回顾》，《中国科普名家名作》，山东教育出版社2002年版，第8页。

在1年11个月。作为掌管一个新生科普事业的机构，科普局的工作主要是探索性的，对新中国的科普状况，比如科普读物、科普场馆的情况进行摸底、调查，对如何开展科普工作邀请社会各界开展广泛讨论，对运用何种形式（展览、演讲等）更能达到科普的目的进行试验，它团结了一批科普的力量，培养了一批科普人才，为后来成立全国科普，打下了很好的基础。

1950年8月，科代会决定成立全国科联和全国科普。全国科联主席由李四光担任，副主席为侯德榜、曾昭抡、吴有训、陈康白；全国科普主席由梁希担任，副主席由竺可桢、丁西林、茅以升、陈凤桐担任。吴玉章任两会名誉主席。科代会第四次大会通过了《中华全国科学技术普及协会暂行组织方案要点》，规定全国科普以普及自然科学知识，提高人民科学技术水平为宗旨，以组织会员，通过讲演、展览、出版及其他方法，进行自然科学的宣传为任务。工作的主要内容有4项：（1）使劳动人民确实掌握科学的生产技术，促使生产方法科学化，在新民主主义的经济建设中，发挥力量；（2）以正确的观点解释自然现象与科学技术的成就，肃清迷信思想；（3）宣传我国劳动人民对于科学技术的发明创造，借以在人民中培养爱国主义精神；（4）普及医药卫生知识，以保卫人民的健康。①1956年12月，《中华全国科学技术普及协会试行章程草案》又对全国科普的宗旨和任务进行了修改和补充，规定全国科普是群众性的普及科学技术知识的组织。全国科普的宗旨是向人民普及科学技术知识，为国家经济建设服务。规定全国科普的主要宣传方式是：（1）举办科学技术知识的讲演会、座谈会、科学问题解答会和其他形式的报告会；（2）出版讲演速记稿、通俗科学读物、科学报刊、讲演方法资料、传播先进经验的快报等；（3）供给报刊科学稿件，书面解答科学问题；（4）在广播电台广播科学知识；（5）举办展览会，组织展览品的供应；（6）开办科学技术博物馆、科学技术馆、科学技术图书馆、天文馆等；（7）编写科学电影剧本，设计幻灯片，放映科学电影片和科学幻灯片。

从诞生到1958年9月与全国科联合并成立中华人民共和国科学技术协会（简称"中国科协"），全国科普共存在了8年的时间。8年中，全国科普的发展可以分成几个阶段：

从1950年8月成立到1952年底，是筹建省市分会、试行开展工作的阶段。当时提出了"一面筹建组织，一面开展宣传工作"的方针，结合几次全国性的运动开展了科学

---

① 《中华全国科学技术普及协会暂行组织方案要点》，何志平、尹恭成、张小梅：《中国科学技术团体》，上海科学普及出版社1990年版，第480—481页。

技术宣传。到1952年冬，全国科普明确了协会的性质是科学技术工作者自愿结合起来以业余时间从事科学技术普及工作的群众团体，基本上只发展科学技术工作者为会员，以保证协会宣传的质量，还明确了通过工作发展会员的组织方针；明确了在一定时期内主要在大中城市以工人、干部为主要宣传对象，和通过其他机关团体把宣传资料送到农村去，注重宣传质量和宣传工作的经常化的宣传方针。

从1953年初到1955年冬，是全国科普的稳步发展阶段。当时发展国民经济的第一个五年计划开始施行，党中央向全国人民提出了我国过渡时期的总路线，大大促进了全国科普工作的开展。1953年4月，党中央向各省、市委发布了《关于加强对科学技术普及协会工作领导的指示》。这个指示发布后，各省市协会在地方党委的领导下，在许多城市的厂矿、机关、医院、学校中建立起协会的基层组织，进一步开展了工作。这一阶段，基本上是按照"整顿巩固、重点发展、保证质量、稳步前进"的方针进行工作的。

从1955年冬到1958年8月，全国科普进入大发展时期。1956年7月，全国科普明确今后的工作重点有4个方面：（1）向工人进行一般科学技术知识和专业技术知识（包括先进生产经验）的宣传；（2）根据《1956年到1967年全国农业发展纲要（草案）》，向农民宣传农业知识、卫生知识和其他科学知识；（3）配合国防现代化的工作，向军队进行科学知识，特别是国防科学知识的宣传；（4）向干部宣传基础的科学知识和现代科学技术最新成就。[①]1956年底，全国科普和中华全国总工会联合召开了全国第一次职工科学技术普及工作积极分子大会，有力地推动了职工科普工作。

在中国科协第一次全国代表大会上，全国科普副主席丁西林作了关于全国科普会务的报告，对8年来的工作进行了总结："到1958年，全国各省、市、自治区，除西藏和待解放的台湾以外，全部建立了省一级协会组织，共27个；一般县、市都建立了县一级协会组织，近2000个；大部分地区内，一般厂矿和乡乡社社，都建立了协会的基层组织，还有很多地方，已经做到车间、工段、生产队都建立了协会的基层组织。据11省市的统计，到6月底共建立基层组织共达46000余个，发展会员宣传员102.7万余人。"[②]这是一支规模庞大的科普大军，科普工作以其为主体逐渐展开。在经历了以科普局为主导的政府主导型、科普局和全国科普并存的政群结合型科普模式的探索后，根据我国当时经济和社会发展的实际情况，最终确立了以

① 《中国科学技术协会》，当代中国出版社1994年版，第48页。
② 丁西林：《关于科普会务的报告》，何志平、尹恭成、张小梅：《中国科学技术团体》，上海科学普及出版社1990年版，第617页。

科普团体为主的科普模式。全国科普作为一个以科学技术工作者为主体普及科学技术知识的组织，上承科普局的职能，下启中国科协的建立，对新中国的科普工作进行了积极探索，为以后的深入发展打下了良好的基础[①]。

3. 探索科普工作的方式

新中国成立初期，在贯彻已确立的科普事业的方针和政策下，对如何具体实施科普工作也在不断探索。科普局成立后，在1949年12月到1950年1月间，先后邀请社会各界召开了7次科普工作座谈会，共有200余人参会，并在《科学普及通讯》上刊载了座谈会总结。中国科学社也专门召开座谈会讨论怎样做好科学普及工作，并在《科学》杂志上专门刊载了长达8页的座谈会记录。这些座谈会对科普的主体、对象、内容、方式、方法以及力量动员和组织问题进行了广泛的讨论，提出了许多切合实际的措施，如：科普对象方面，提出科普要面向工农兵广大群众；科普要先从培养干部做起，然后再把知识分传到工农兵广大群众中去等。科普内容方面，提出科普工作的开展要和反对迷信结合起来；要和教育联系起来，树立普及科学教育的观点；科学普及要与识字运动相结合等。科普方

---

① 刘新芳：《中华全国科学技术普及协会科普工作史评》，《科普研究》，2011年第4期。

式、方法上，提出一定要用大众的语言来普及科学知识，要利用包括图书、报刊、幻灯、电影、广播等渠道，进行与实际经济生活相结合的通俗讲演和展览活动。甚至还提到科学普及是长期性的工作，要注重科普的长期效果，等等。①②

除进行座谈外，当时许多主管科学和科普工作的领导同志也专门撰文论述科普工作的开展方式，如当时主管科普局的文化部部长沈雁冰、科普局局长袁翰青、全国科普副主席茅以升等。沈雁冰在《科学普及工作如何展开？》中主张："科学知识的普及工作，首先必须是一种群众性的运动。如果我们不能想办法去动员职业的或业余的科学工作者，运用各种各样的方式，在群众中间建立科学知识普及工作的普及网，而仅仅依靠少数人做些编辑、展览、广播等等工作，那是不能达到真正普及的效果的。""普及工作又必须配合着各地的具体情况和特殊环境。""必须适应当时当地人民最迫切的需要。""普及工作的工具和方式，愈多愈好。""同一事件可同时应用各种表现方式。——这样集中宣传，其效果会比分散的大些。""科学普及局在这个运动中所负的任务，主要是计划、组织和

① 《科学普及问题座谈会总结（上）》，《科学普及通讯》，1950年第1期；《科学普及问题座谈会总结（下）》，《科学普及通讯》，1950年第2期。
② 张孟闻整理：《怎样做好科学普及工作》，《科学》，1950年第7期。

指导。要使这个运动不停留于计划阶段而开展起来，必须与工、青、妇、农各人民团体、各科学社团，以及散居全国各职业岗位上的科学工作者或业余的科学工作者，通力合作，这才能够建立普及网而满足人民的需要。"①袁翰青在《向苏联学习科学普及工作的经验》中介绍了苏联科普工作的组织分工、共青团及政府机构的科普工作，以及1947年全苏政治与科学知识普及协会成立后，这一协会在发展组织，开展活动方面的经验。②后来全国科普的工作也多借鉴全苏政治与科学知识普及协会的经验开展。茅以升在全国科普成立后，于1950年9月讲到："首先指出科普的性质，不是领导而是辅助，不是教条而是机动，不是局部而是全国，不是临时而是长期。它将是一架扩音器，传达四面八方的意见；它将是一卷电影片，记载放映各地摸索的经验；它将是一部汽车，交流工作者的情报；它将是一架望远镜，了解先进国家的活动；它将是一架显微镜，检查上上下下工作的缺点。尤其重要的是，它将是一座桥梁，我们工农兵大众可以安全的从桥梁上走过一切反科学的深渊。"③热心科普的专家们献计献策，对科普局和全国科普如何实施科普工作提出了很好的意见。

① 沈雁冰：《科学普及工作如何展开？》，《科学普及通讯》，1950年第4期。

② 袁翰青：《向苏联学习科学普及工作的经验》，《新建设》，1950年第1期。

③ 茅以升：《科普协会的桥梁任务》，《科学普及通讯》，1950年第7期。

社会各界积极支持和参与科普工作

1. 多部委联合开展科普工作

1953年之前，中央各有关部委同全国科普的合作还是零星的。1952年12月，全国科普总会彭庆昭、朱兆祥到华东、中南等地调查工作情况，返京后，向中央宣传部作了汇报，反映：科普宣传受到人民群众的欢迎，但各地党委和政府对科普工作领导不够。因此，各地科普工作大都陷入放任自流状态。针对这一情况，1953年4月，中共中央向各省、市党委发出了《中央关于加强对科学技术普及协会工作领导的指示》，文件强调：科学知识的宣传，不但对于人民群众唯物主义世界观的形成和迷信保守思想的破除，有其重要作用，而且在今后国家大规模建设时期中，劳动人民学习科学技术的要求将日益增长，群众性的科学普及工作必将有更大的发展。因此，科普的工作是有意义的，应当引起党的重视，党应当建立对于各地科普协会的领导。文件规定："科普总会的主要党员负责干部，参加中国科学院党组，其工作方针及政治领导由中央宣传部科学卫生处负责。各地科普分会在政治上由各地党委宣传部负责领导，在行政上由各级政府文委或文教部门管理。各中央局、分局、省委及大城市市委的宣传部应有专人来管理科普分会的工作。"①

这一指示发布后，各地方党委普遍加强了对全国科普工作的领导和支持。各部门同全国科普从零星的合作开始发展成较经常的合作，积极参与到科普工作中来。1954年7月1日，全国科普和中华全国总工会联合发布了《关于加强科学技术宣传工作的联合指示》；1955年3月7日，与中国新民主主义青年团中央委员会、中华全国总工会联合发出了《关于加强科学技术普及工作的通知》；1956年，与全国总工会、解放军总政治部、林业部、团中央等9个单位分别发出关于开展科普工作的联合通知12个②，包括与全国总工会发出《关于对职工进行科学技术宣传工作协作计划纲要通知》、与解放军总政治部发出《关于加强部队科学知识讲座的通知》等。1956年10月，全国科普还会同全国总工会联合召开了全国第一次职工科普工作积极分子大会。

2. 科技工作者积极投身科普

科普工作要取得成效，必须有两个方面的积极性：一是来自科学、技术源头方面，即科学家和广大科技人员的

---

① 何志平、尹恭成、张小梅：《中国科学技术团体》，上海科学普及出版社1990年版，第620页。

② 中国科学技术协会组织宣传部：《中国科学技术协会简史》，1988年，第35页。

积极性；二是广大人民群众的生产、生活和文化建设的需要。这两个积极性，始终推动着科普事业的发展。在新中国建立初期，这个特点就更为明显。

首先是科学家热心科普。许多专家、学者把科普当成自己的一项科学事业来做，以极大热情投入科普工作，涌现了一批科普积极分子。他们不仅亲自撰写科普读本，开办科学讲座，而且还亲自创编科教电影。著名数学家华罗庚撰写了《优选法平话》和《统筹法平话》，亲自到各省、自治区、直辖市，普及优选法和统筹法，使深奥的数学理论成为"千万人的应用数学"，成为科普工作史上的创举和典范①。科学家梁希讲林业，70多岁的人，不休息，"一棵树就等于一个小水库"，一口气讲完，而且讲得很生动。钱三强、梁思成、张含英、吴觉农、赵学田等，不仅为工农大众写科普读本，如《原子能通俗讲话》《祖国建筑》《谈谈治水》《祖国农业》《机械工人速成看图》，而且还亲自开讲座，例如华罗庚讲了《数学及其它》，钱三强讲了《谈原子能》，钱学森讲了《近代力学》，等等。还有许多老科学家，亲自参与创编科教电影，如严济慈的名篇《我在你们的眼睛里确实是倒立的》，王绶琯的《从新的"窗口"隙望宇宙》。一大批中

---

① 《科学技术普及概论》编写组：《科学技术普及概论》，上海科学普及出版社2002年版。

西名医的科普广播稿，在中华医学会会长傅连暲的亲自主
持带动下，纷纷播出。如黄家驷的《我国医学科学技术的
一项新的重大成就——断手再植是怎样获得成功的》，张
孝骞的《胃肠溃疡病的防治》，吴朝仁的《肝炎的预防和
治疗》，鲁之俊的《谈谈针灸》，祝谌予的《介绍几种中
医简易疗法》等都是当时人们普遍关心的问题，播出后受
到了广大听众的欢迎。他们都是热情的科普志愿者，凭借
着理想和热情进行工作，劳动是无偿的。①

　　其次是广大科技工作者对科普工作的热情高涨。如在
江苏的无锡机床厂，过去参加科普协会的工程技术人员只
有18人，到1956年就发展到50人。过去每月大约进行10
小时的科普宣传活动，1956年4月就增加到35小时以上。
又如天津市电业局技术员赵良臣、陈永德过去经常到天津
市第一工人文化宫给工人进行技术讲演。当他们调到北京
后，星期天仍常回天津去继续这项工作。在浙江省杭县塘
栖区农业技术推广站工作的科普协会会员刘在琦，经常要
夜间赶几里路去作科普讲演，讲完深夜再回来。各地都有
不少这样的事例。②

---

　　① 刘新芳：《当代中国科普史研究》，中国科学技术大学2010年博士论
文，第51页。
　　② 中国科学技术协会组织宣传部：《中国科学技术协会简史》，1988年，
第34页。

3. 人民群众积极参与科普活动

新中国成立初期，国家集中力量来恢复和发展生产，急需大量掌握科学技术的熟练工人和农民。但当时国家整体教育水平很低，通过正规学校教育很难实现快速提高人民群众的科学技术水平。非正规的科普教育成为当时提高人民群众科学文化水平的重要途径，人民群众对科普的依赖性较高。之后，随着社会主义建设的全面展开，教育和科技事业快速发展，党和国家高度重视科学技术，提出了"向科学进军"的战略，制定了科学技术发展规划，科学技术得以快速发展，人民群众对科学技术的需求更加强烈。正如郭沫若所说的"从来没有过像今天这样迫切的需要科学。普及也要，提高也要，技术也要，理论也要，差不多是四万万七千五百万双手一齐伸出来向着科学了"[①]。人民群众将强烈的科普需求内化成强大的动力投入到科普的实践中来，在新中国成立初期的若干次大规模的群众性科普活动中，人民群众都积极参与。比如，首都春节科学知识展览会，展览会办了12天，观众近10万人次；在爱国卫生运动中约90%的城市居民、60%的农村居民参加。

---

① 郭沫若：《科学的普及与提高》，《科学时代》，1950年第1期。

科普宣传阵地开始建立

1. 科普场馆

新中国成立初期，全国各个类型的博物馆都处在一个改建和筹建的阶段，同科普工作关系最大的是自然博物馆、天文馆等。

1950年4月，科普局决定在北京建立一座以广大工农兵为对象，配合国家建设事业发展开展科普工作的新的人民科学馆，以它作为示范点，指导全国各地人民科学馆事业的发展。成立筹备处后，当年即先后筹办了"大众机械""动物的进化""可爱的祖国""苏联的科学技术"等5个展览。当年还开放了一个大众天文馆，指导群众观测天文；还和青年团中央合办了每周一次的"大众科学讲座"。筹备处对展览的陈列如何做到有系统、有重点，做到理论与实际相结合，使展览和当时的任务结合起来，同时注意到科学、技术和社会与历史的关联等问题进行了有益的尝试，从而为发展新型的人民科学馆摸索到了一些重要的成功经验。1952年8月23日，文化部报经政务院文化教育委员会批准，将中央人民科学馆筹备处并入中央自然博物馆筹备处。科普局撤销后，该馆几经变迁，1962年被正式命名为北京自然博物馆①。根据科普局于1950年对全国科学馆事业的调查，当时有详细资料的全国科学馆共有12处，除上述中央人民科学馆（筹备处）外，还有山西省立科学馆、福建省立科学馆、上海市立科学馆、国立甘肃科学教育馆、广西省立科学馆、广西省立科学教育馆、湖北省立人民科学实验馆、湖南省立人民科学馆（筹备处）、江西省立科学馆、贵州省立科学馆、四川省立科学馆。②

1956年，上海自然博物馆开馆。其前身可以溯源至19世纪中晚期——由英国亚洲文会在上海创建的"上海博物院"，以及法国天主教会在上海徐家汇创建的"徐家汇自然博物院"（后更名为震旦博物院）。新中国成立后，这两个博物院遗留在中国的标本、藏品由上海市军管会接收，成为1956年筹建的上海自然博物馆的基础。

1957年，天津自然博物馆经过改建正式定名，其前身是北疆博物院，于1914年由法国传教士桑志华创办。1927年对外开放。1952年改建为天津市人民科学馆。

1951年，出席在柏林举行的第三届世界青年与学生和平友谊联欢节的中国代表团，曾参观了德意志民主共和国的耶拿天文馆，深受启迪，回国后即大力呼吁在中国兴建

① 《中国科学技术协会》，当代中国出版社1994年版，第365页。
② 科学普及局辅导处调查研究所：《全国科学馆事业概况及改进的意见》，《科学普及通讯》，1950年第6期。

天文馆①。经过多方筹备，接收的古代天文仪器陈列馆于1956年五一劳动节正式开放，到1956年底共有3万多人参观，同时积极修建天象厅。除经常性的开放外，1956年9月，古代天文仪器馆在火星接近地球时进行了大规模的观测火星的科普活动，参加者共有13000多人，陈毅同志也亲自到台用望远镜观测火星。1957年8月1日，在中国人民解放军建军30周年之际，北京天文馆正式开馆前，特地举行了"到宇宙去旅行"的10场表演，接待了6000多名解放军官兵和其他各方来宾，受到热烈欢迎。1957年9月北京天文馆举行了开馆典礼，从此中国诞生了第一座天文馆。作为新中国成立后最早修建的一座大型科普活动专用场所，北京天文馆对普及天文知识和宣传我国在天文学上的成就发挥了巨大作用。除对一般观众外，天文馆着重对青少年开展科学知识的教育，并开展了一定的科研工作，编辑出版了很多天文书刊，比如1958年创刊的《天文爱好者》期刊是我国出版的唯一的天文科普期刊②。

　　青少年活动场馆也陆续建立起来，1953年，在宋庆龄的倡导下，中国福利会在上海成立了中国第一个少年宫，开展了无线电、航空航海模型、化学、微生物、金工、气象等活动，北京、天津、武汉、重庆等大中城市也陆续建

---

① 《中国科学技术协会》，当代中国出版社1994年版，第371页。
② 李元：《我国第一座天文馆的建造》，《中国科技史料》，1980年第2期。

立了一批少年宫、少年科技馆、科技站，以及少年之家等文化科技活动场所①。1956年，北京市在彭真同志亲切关怀下成立北京市少年宫，1957年成立北京市青少年科技馆、北京教学植物园。

2. 科普出版

这一时期，专门的科普出版社成立，大批科技类出版社也相继成立。

1956年7月21日，科学普及出版社正式成立。7月28日科学普及出版社发文："为了满足全国人民对科学知识愈来愈迫切的要求，中华全国科学技术普及协会常务委员会第48次会议决定在原有编辑出版工作的基础上建立科学普及出版社。以加强通俗科学的出版工作，协助全国青年和一般劳动人民向科学大进军。本社继续编辑出版《科学大众》《知识就是力量》《学科学》三种期刊，及各种科学普及小册子、通俗科学挂图。"②1957年，出版社的刊物又增加了《天文爱好者》《科学普及资料汇编》。出版图书除科普小册子和挂图外，又增加了手册、问答、名词浅释和培训教材等品种，事业有很大的发展③。

① 《中国科学技术协会》，当代中国出版社1994年版，第329页。
② 中国科协：《科学普及出版社成立》，中国科协档案。
③ 《中国科学技术协会》，当代中国出版社1994年版，第357页。

　　科学普及出版社一成立，就以小丛书的形式出版了一套介绍当时世界科学技术高度发展情况的通俗读物——"世界科学技术新成就"，其中有著名力学家钱学森先生著《从飞机导弹说到生产过程的自动化》、物理学家黄昆著《半导体和它的应用》等①。

　　这一时期科普出版社出版的最具影响力的图书莫过于华中工学院教授赵学田的《机械工人速成看图》。赵学田教授在20世纪50年代针对当时工人文化水平普遍很低不会看图，而又必须学会看图的实际需要，通过精心的研究、试教，创作出《机械工人速成看图》。他将机械制图中正视图、俯视图、侧视图复杂的投影规律总结为"长对正、高平齐、宽相等"的九字诀，成为我国图学史上著名的视图规律——"三视图投影规律"。根据赵学田教授的方法，只要经过10小时的讲授和10小时的辅导讨论，一般完全没有看图能力的机械工人就能看懂一般的零件图和简单的装配图，稍有看图知识的工人也可进一步了解投影原理、树立立体观念、更好地掌握看图技术。1954年4月第一版《机械工人速成看图》出版。书一上市，很快脱销，到1980年，该书共发行1600万册。赵学田教授也因此于1956年2月6日受到了毛泽东主席的接见。1957年，《机

---

① 刘新芳：《当代中国科普史研究》，中国科学技术大学2010年博士论文，第28页。

械工人速成看图》和赵学田的另一本书《机械工人速成画图》陆续被搬上银幕，开我国科教电影的先河。

除科学普及出版社外，1957年还成立了上海科学普及出版社。这一时期大批科技类出版社成立，为适应我国社会主义建设的需要，出版的图书中有相当一部分具有科技推广性质。1950年，科学技术出版社成立，其出版的第一批图书《最新晒图晒像法》《化铁炉操作法》《怎样组织工人技术学习》等都带有技术推广的性质；1954年科学出版社成立，最早出版的图书有《自然科学讲座》（数学之部）和《1951年天文年历》（紫金山天文台），都带有一定的科普性质。此外，1950年成立人民军医社（1957年改名为人民军医出版社），1951年成立燃料工业出版社（1956年后分为煤炭工业出版社、电力工业出版社、石油工业出版社，1958年电力工业出版社和水利出版社合并组成水利电力出版社），1951年成立人民铁道出版社，1954年成立高等教育出版社，1958年成立中国农业出版社等[①]，这些专业出版社都出版一些专业的科普书籍。

具体到科普图书上来说，这一时期影响较大的科普图书还有：全国科普出版的《社会主义工业化科学知识讲座》《基本建设科学知识讲座》《第一个五年计划科学

---

① 司有和：《中华人民共和国科技传播史》，重庆出版社2005年版，第56—61页。

知识讲座》《新科学技术知识讲座》以及钱三强的《原子
能通俗讲话》、梁思成的《祖国的建筑》、吴觉农的《祖
国的农业》、张含英的《谈谈治水》等；商务印书馆出
版的"科学小文库"和"苏联大众科学丛书"；中华书局
出版的《工农生产知识便览》和《工农生活知识便览》；
三联书店出版的"新中国百科小丛书"；开明书店出版
的"开明青年丛书"和"开明少年丛书"；中国青年出版
社出版的"苏联青年科学丛书""初中自然科学补充读
物"与"青年科学技术活动丛书"。专业的科普丛书也很
多。其中农业方面的有几十套，内容大体可归纳为以下四
类：一是讲述农业科学技术的基本知识的；二是宣讲农业
劳动模范的丰产经验的；三是传授当时推广的农业科研成
果和先进技术的；四是回答农村干部和农民提出的各种农
业科技问题的。形式主要有五种，即：浅说式的基本知识
讲座或成套丛书；总结式的丰产经验选编；问答式的农业
科技问题解答；课本式的农民技术夜校课本；图说式的画
册或挂图。以浅说式为最多，而图说式与问答式最受欢
迎。其中由农业部组织众多农业专家分别编写、农业出版
社出版的一套"农业生产技术基本知识"（丛书），受到
了广大农村干部的热烈欢迎，曾多次修订再版，直至20世
纪七八十年代仍在发行。工业与工程技术的也有几十套，
类别更是错综复杂，大致可归纳为以下七类：一是一般工

业常识或工业化知识；二是某项工业生产或工程建设的系统知识；三是某个行业或某个工种的技术工人的成套生产技术知识或安全生产知识；四是某种机器设备的介绍和安装使用维修知识；五是某种产品的生产技术知识；六是某个行业的劳动模范的先进生产经验或技术革新能手的革新创造窍门；七是某些技术爱好者的入门向导。其中以机械加工、电工和无线电等通用性强的学科出书最多，仅机械工业出版社出版的一套"机械工人活页学习材料"就有数百种之多。形式也是以浅说、讲座为主，总结介绍和问答为辅。读者对象主要为生产技术工人和从农村、部队转入工业交通行业的管理干部。医药卫生科普图书内容则多为一般卫生防疫常识，预防常见的传染病、多发病和地方病，以及新法接生、新法育儿和农村卫生、劳动保护等，主要为当时的爱国卫生运动服务。在上述各类科普图书中，有相当一部分是译自苏联的图书，有的是成套出版，有的是选译或编译，并与我国作者的著作配套出版。其中伊林的科学文艺作品、别莱利曼的趣味科学、比安基的科学童话等受到了广大青少年读者的喜爱。①

　　科普期刊报纸在这一阶段也发展较快，现在仍存在的《科学画报》《知识就是力量》《科学大众》都在这一

---

　　① 章道义：《中国科普——一个世纪的简要回顾》，《科技日报》，2001年4月6日第12版。

时期书写了自己辉煌的历史。

《科学画报》于1933年8月由中国科学社创办，是我国历史最悠久的一本综合性科普期刊，1953—1958年，改由上海市科学技术普及协会主办。其办刊宗旨是：把普通科学知识和新闻灌输到民间（工农群众和中小学生）去，逐渐地把科学变成他们生活的一部分，希望《科学画报》可以做引大众入科学的媒介。《科学画报》在当时通俗生动、图文并茂地介绍最新科技知识，形式多样地普及科学技术，对提高广大群众的科学水平，启发青年热爱科学、投身科学事业起了很大作用。

1956年3月，党中央提出了"向科学进军"的号召，新中国迎来了第一次科普高潮。中国新民主主义青年团中央委员会、劳动部和全国科普三家决定联合主办一本科普刊物——《知识就是力量》。周恩来总理亲笔为它题写了刊名。创刊后的《知识就是力量》杂志定位为青年工人阅读的综合性科普刊物，初期内容主要译自俄文版的《知识就是力量》杂志，后以"洋为中用"的编辑思路，翻译介绍世界各国的新兴科学技术，包括新发明、新发现、新学科、新学说、新技术、新材料、新方法等，使读者开阔眼界、启迪智慧、丰富知识、增长才干，服务于我国经济建设和工农业生产发展需要。这本杂志很快风靡全国，成为当时全国两个印数最高的科普杂志之一。

《科学大众》1937年由科学大众社创办，1954年改由全国科普主办，是当时与《科学画报》《知识就是力量》齐名的国家级名牌刊物。刊物曾受到毛泽东、周恩来同志的高度评价，在《毛泽东的读书生活》一书中，列举了毛泽东阅读的刊物，其中就有《科学大众》。郭沫若为其题写了刊名。竺可桢、周建人、高士其、茅以升、侯德榜、黄家驷、钱学森、严济慈、李四光、华罗庚等许多著名的科学家、科普作家都为《科学大众》撰稿、题词或是主持栏目。《科学大众》对广大工农兵、干部、青年学生树立和形成"爱科学、学科学、讲科学、用科学"的社会风尚、提高科学文化水平和发展生产力都起了积极的促进作用①。

《地理知识》（1950年创刊，《中国国家地理》前身）、《无线电》（1955年创刊）、《学科学》（1956年创刊）、《天文爱好者》（1958年创刊）等在这一时期也都获得较好的发展。

报纸方面，当时一些全国性报纸创办了科学副刊，如《人民日报》的"卫生"副刊、《工人日报》的"学科学"副刊、上海《文汇报》的"人民科学"周刊、《大公报》的"科学广场"等。主办单位有科技团体，有高等院

---

① 王天一：《在前进的道路上——回顾〈科学大众〉的历程》，《科学大众》，1995年第2期。

校，也有一些是报社独自创办的。这些科学副刊的内容，大多注重与当时的政治形势（如反轰炸与抗美援朝等）、生产建设和人民生活相结合①。1954年，中国第一份科技报纸——《科学小报》创刊，它由北京市科学普及协会主办，主要任务是介绍基础科学知识，内容包括博物、理化、天文、地理、地质、数学、生理、卫生、疾病预防、妇婴卫生等知识以及工农业生产的科学技术、先进生产经验等②。

3. 科普电影广播

党的科教电影生产机构的建立始于1946年，当时中国共产党将接收过来的"满映"改称为东北电影制片厂（简称东影厂，新中国成立后又改名长春电影制片厂，简称长影厂）。1949年4月和11月，北京电影制片厂（简称北影厂）、上海电影制片厂（简称上影厂）相继成立。另外一些中央部委如农业部、卫生部也都有自己专门的制作机构，如农业部有农业电影社，后发展成中国农业电影制片厂。1953年2月2日，在原先教育片总编辑室的基础上，中央电影事业管理局科学教育电影制片厂成立，1955年改名为上海科学教育电影制片厂（简称上海科影厂），这是中国第一个科教电影生产基地。当时的报纸做了这样的报

---

① 《中国科学技术协会》，当代中国出版社1994年版，第303页。
② 司有和：《中华人民共和国科技传播史》，重庆出版社2005年版，第3页。

道："为了适应国家的大规模经济建设和广大人民对科学知识的需要，使电影在科学教育方面发挥形象化教育的力量，特决定成立科影厂。"从此，新中国有了自己的科教电影制片机构[①]。

中华人民共和国成立初期，科教电影的生产和传播同其他科普工作一样，服从和服务于国家经济建设发展，紧密结合国家生产和人民生活需要。当时急需科教片进行科学宣传，翻译苏联的科教片是最方便的途径，北影厂和东影厂在1950年、1951年翻译了多部影片，题材主要是农业生产技术，如《丰收能手》《保护春芽》《土质改良》等。面对细菌战严重危及中国人民的生命安全的形势，1951年，北影厂拍摄了《农村卫生》《预防传染病》《工厂安全卫生》等卫生知识题材的影片。为配合经济发展，以及全国开展的群众性爱国卫生运动，拍摄了《扑灭细菌毒虫》《乡村卫生》《消灭蚊子》等影片。随着经济建设的发展和专门制作机构的出现，科教片的制作也逐渐体系化，题材更广泛，涉及工农业生产、基础科学知识、医学卫生知识和人民日常生活等。

这一时期农业电影社以生产农业题材幻灯片为主，在具备一定条件后，拍摄了《京郊小麦选种》《冀西沙荒造

---

① 杨力、高广元、朱建中：《中国科教电影发展史》，复旦大学出版社2010年版，第23—30页。

林》《消灭麦蜘蛛》《麦田压绿肥》等农业科教片。农业电影社作为中国专门摄制农业科教电影的制作机构，这在当时的世界上绝无仅有。

1955—1957年，随着"向科学进军"号角的吹响以及"双百"方针的提出，大量科教片被生产出来。1955—1957年，上海科影厂共生产科教片93部179本，另有杂志片《科学与技术》30本，题材包括农业工业、地理风光、美术、基础科学知识等。农业电影社在1956年摆脱了以制作幻灯、图片为主的阶段，改为生产科教电影为主，摄制了《望城养猪》《混合堆肥饲养鱼苗》《棉花育苗移栽》等影片。

一系列专题电影的播放，使广大人民群众可以更直观形象地了解和学习科学技术知识和技能，掌握生产生活的方式方法。为展示科教电影的成果，集中向全国人民普及科学文化知识，文化部与全国科普联合分别于1954年、1957年举办了两次"科学教育影片展览"，在社会上产生了很大的反响。

早在中华人民共和国成立前夕，上海人民广播电台就开办了《卫生常识》节目和《科学技术广播》节目，以切合日常生活的科技常识为主，由当时上海的一些科技团体与电台合办；中央人民广播电台开办了《自然科学讲座》节目，涉及生理、医药卫生、工矿、农林、物理、化学等自然科学常识及科学家故事。《自然科学讲座》一直办到

1952年。1953年，在其基础上，中央人民广播电台又创办了《科学常识》节目，1954年更名为《科学知识》，此后，全国各地先后有20多个广播电台，包括大连台、西南台等，都先后开办了类似于《自然科学讲座》或卫生讲座的节目①。1957年，中央人民广播电台又先后开播了《生理常识讲座》专题广播、《无线电常识讲座》《星期演讲会》节目，按专题通俗介绍自然科学、社会科学和文学艺术知识，介绍当前科学工作的动态以及科学技术的新成就。

中华人民共和国成立初期，广播的对象主要是城市居民，随着社会主义制度的初步建立和农村收音机数量的增加，对农广播科普也开展起来。1954年，中央广播事业局、全国科普发出《关于举办农业科学知识广播的通知》，要求各省广播电台和科普协会分会配合春耕生产季节，联合举办农业科学知识的广播。1954年12月，中央人民广播电台和农业部、全国科普联合举办了《农业技术广播推广站》节目，帮助农村干部群众学习农业生产技术知识，提高农业生产水平。各地方电台也推出了农业科技节目，如山东人民广播电台设立了《农业知识》专栏，云南人民广播电台也在对农广播中增设了《科学卫生》的节目。1956年，为应对灾害性天气的发生，全国各地的广播

①　司有和：《中华人民共和国科技传播史》，重庆出版社2005年版，第237页。

电台和有线广播站开设了《天气预报》广播节目。

这一时期在天文广播科普方面非常有影响的事件是1953年2月14日和1955年6月24日举办的《日食现场观测》特别节目，这是两次现场直播，特约著名专家现场指导听众观测，在当时产生了很大的影响。1957年1月6日，全国科普成立科学广播委员会，开设新科学成就讲座等专题节目，每周播送3次、重播3次，对群众有广泛影响。

配合国家中心工作
开展大规模、高质量的科普活动

新中国成立初期，大规模的群众性运动是当时科普活动的主要方式，这是由当时集中力量进行国家建设的客观环境所决定的。1956年10月，全国第一次职工科普工作积极分子大会上提出了科普活动贯彻"小型多样、通俗易懂、生动活泼、吸引自愿"的原则，但这一时期，仍以大规模群众性科普活动为主。

1. 讲演讲座

在科普局初期，讲演的重点方向是邀请有关科学家为有组织的听众举办一些专题报告或是系统讲座。据不完全统计：1950年约有200次，听众10万余人；到1951年10

月，有 1600 多次，听众约 28 万人。演讲内容主要包括对自然现象的认识，工业、农业生产技术和医疗卫生知识。

全国科普成立后，随着各地分会的建立，科普讲演逐渐在全国广泛地开展起来。根据"中华全国科学技术普及协会 1951 年全年讲演内容分类表"[①]，当时的讲演内容包括基础科学、自然现象和自然发展史、地理地质、先进生产经验及科学成果宣传、工业技术、农林水利、一般医药卫生、妇幼卫生、工矿安全卫生、经济建设、苏联科学技术等。

表1　中华全国科学技术普及协会历年讲演次数统计表[②]

	1951年	1952年	1953年	1954年	1955年	1956年	1957年
讲演次数（次）	3531	13824	13058	11529	11891	282461	753300
讲演资料、小册子种数（种）	83	137	402	881	735	4321	13965
讲演资料、小册子发行数（册）	64000	384000	1612000	6269000	4361730	14654949	13725455

密切结合国家的重点中心工作，注重时政性是当时科普工作的一大特点。典型的讲演有许多，如大众科学讲

---

① 中华全国科学技术普及协会：《1951年全年讲演内容分类表》，中国科协档案。

② 中华全国科学技术普及协会：《七年来宣传工作发展概况及五八年上半年统计》，中国科协档案。

座、爱国卫生运动宣传讲演、和平利用原子能科学知识宣传讲演、社会主义工业化知识讲座。

大众科学讲座先由科普局（至1950年8月）后由中央人民科学馆筹备处与中国新民主主义青年团中央青年服务部在北京联合举办。讲座请北京各自然学会专门学会的教授、研究员会员做主讲专家，从1950年2月中旬到1951年2月共举办了33次，听众达2万多人，其中中学生占半数，解放军战士次之，市民占20%。讲座内容有天文、地质、气象、地理、生物、生理、物理、化学、数学和工业、机械、电的知识等，主讲专家中有钱伟长、赵访熊、朱光亚、黄新民、丁西林、林克椿等名家。

1952年，配合爱国卫生运动，各地科普协会在3个月中动员会员组织了6000多次讲演、80多次展览会，在1952年、1953年两年间，医药卫生知识的讲演都占了50%左右。

1954年，当全国人民响应世界和平理事会的号召，为反对使用原子武器展开签名运动的时候，全国科普有计划地在全国40个城市里展开了关于和平利用原子能的科学知识宣传，500多位科学家进行了700多次大规模的讲演会。特别是1954年为反对使用原子武器开展的和平利用原子能宣传，由周恩来总理亲自部署，中国科学院副院长、著名物理学家吴有训任讲演委员会主任，著名核物理学家钱三强作示范讲演，许多物理学家和化学家参加讲座，修改、整理成标准讲稿后印发各地广为宣传①。

1953—1957年，为配合社会主义工业化运动，全国科普各地分会为工人和干部举办了大量的结合业务需要的工业生产技术知识、基础科学知识、工矿卫生知识和关于社会主义工业化知识的讲座。社会主义工业化讲座一共有18讲，讲题涉及钢铁、有色金属、机器制造、电、石油等各个领域②。

其他还有：1950年的科学界抗美援朝座谈会和国防科学讲座③，配合中苏友好月的苏联科技知识的讲演，配合日全食、日偏食的出现举办的大量关于日食、月食知识的讲演，配合1954年我国长江、淮河流域发生水灾组织的关于预防传染病、环境卫生及度荒所需的营养知识的宣传，等等。

2. 科普展览

科普局时期，据不完全统计，1949年11月—1950年10月间，全国共举办规模较大的展览65次，其中城市58次，以巡回方式在农村展出的7次④。

---

① 《中国科学技术协会》，当代中国出版社1994年版，第308页。
② 《中国科学技术协会》，当代中国出版社1994年版，第45、306页。
③ 《中国科学技术协会》，当代中国出版社1994年版，第31页。
④ 刘新芳：《当代中国科普史研究》，中国科学技术大学2010年博士论文，第24页。

表2　1949年11月—1950年10月科学展览会统计表

类别	综合性	一般自然科学	医药卫生	工业	农业
展览次数	10	15	16	8	16
参观人数	711873	648757	1420052	125991	725841

全国科普成立后，展览次数不断增加，到1957年已经达到上万次。

表3　全国科普历年展览次数统计表[①]

	1951	1952	1953	1954	1955	1956	1957	1958
展览（次）	90	502	927	665	477	3500	15049	153154

典型的科普展览也都密切联系时政，服务于国家经济和国防建设需要，如首都春节科学知识展览会、"东北与朝鲜"展览会、全国少年儿童科学技术和工艺作品展览。

科普局成立之初，1950年春节期间在北京和平门外北师大附中校址举办了一次"首都春节科学知识展览会"，其内容包括一般自然科学知识、妇幼卫生及从猿到人三大部分。展览会办了12天，观众近10万人次，成为轰动首都的一次科普活动。这次活动动员了30多个机关、团体、学校联合举办。

1950年12月，中央人民科学馆筹备处在北京市第一文化馆举办了"东北与朝鲜"展览会，以配合抗美援朝运

---

① 中华全国科学技术普及协会：《七年来宣传工作发展概况及五八年上半年统计》，中国科协档案。

动，开展爱国主义和国际主义宣传。展览内容分为三个部分：第一部分是就当时的国际形势，揭穿美帝妄图包围中国以及吞并世界的阴谋；第二部分是介绍东北在全国的重要性；第三部分是关于朝鲜的介绍。

1955年，中国新民主主义青年团中央和全国科普联合在北京举办"全国少年儿童科学技术和工艺作品展览"，展出了中小学生的各种作品1000多件。周恩来和邓颖超参观了展览。

此外，还有卫生部等举办的"全国卫生医药展览会"，分卫生、教育、医药和军队卫生勤务4个馆，展出24天，观众多达343万人次，等等。

3. 技术培训

新中国初期，为配合社会主义工业化，各地为工人、干部举办了大量技术培训班，讲授工业生产技术知识、基础科学知识、工矿卫生和关于社会主义工业化的知识，这些技术培训很受群众欢迎，当时被称为社会大学。

1958年以后，农村和厂矿普遍开办各种层次的技术学校，以及政治、文化、科学技术三合一的红专学校。如上海市科普协会协同有关方面，办了5所夜大学，每个区办起了业余中等技术学校；在郊区还办起了2所农业专科学校。浙江省科普协会与有关方面共同兴办了红专党校万余所，有300万农业骨干经常在学校学习。天津市科普协会和有关方面共同办起了52所业余大学，48所业余中等技术学校，133所农业学校，99所红专学校，850个技术训练班。有些地方的科普协会还协助有关方面，在农村办起了从扫盲到大学的整个学校体系。①

　　总体上，这一阶段可以称为新中国成立后的第一个科普高潮，整个科普工作形势一片大好。正像科普专家甄朔南所说的："50年代'科普生态'特别好，党中央、国务院非常重视，各级领导都很支持，很多科学家都十分重视科普工作。当时我感觉共产党来了，'德先生'就来了，剩下的问题就是'赛先生'了。当时是摩拳擦掌干革命，干什么呢，就是干科普。"1956年10月，由全国科普协会和全国总工会联合召开了"全国第一次职工科学技术普及工作积极分子代表大会"，这次会议检阅了全国职工科学技术普及工作的成就，明确了今后工作的方针和任务，交流了经验，是进一步动员全国职工向科学技术进军的大会，也是贯彻党中央关于向科学进军号召的一项重要措施。国务院副总理李富春在大会上对1000多名参会的科学普及工作积极分子作报告，充分肯定了科学普及工作的重要性，指出科学技术的逐步提高和普及，可以使国家建设

---

① 　中国科学技术协会组织宣传部：《中国科学技术协会简史》，1988年，第34页。

任务的完成获得更好的保证，关系着生产能否发展、提高和经济建设能否胜利完成，对全国人民都具有重要意义。这次会议是科普工作大好形势的集中体现，也是新中国成立以来第一次科普高潮的象征[①]。

[①] 申振钰：《构筑科普阵地向科学大进军——中国科普历史考察（连载十八）》，《大众科技报》，2003年4月3日。

二、科普事业的曲折发展（1958—1966）

　　1958年5月，中国共产党第八次全国代表大会第二次会议通过了鼓足干劲，力争上游，多快好省地建设社会主义的总路线。会议认为这是一条尽快把中国建设成为一个具有现代工业、现代农业、现代科学文化的伟大社会主义国家的路线。会后，全国各条战线迅速掀起了"大跃进"的高潮。在总路线、"大跃进"、人民公社三面红旗的指引下，面对技术革命、文化革命的新形势，工农业发展和国防建设都要求科学技术要有更高速度的发展，要求科学技术的普及与提高应该更加紧密地结合起来，要求全党加强对科学技术工作的领导。在这样的政治、经济和科技形势下，整个社会大搞群众运动，当时的科学技术工作者也奋勇地投入技术革命、文化革命的战斗行列，正常的学术活动和普及活动被淹没在技术革新与技术革命的群众运动中。

　　1961年，中共中央提出了"调整、巩固、充实、提高"的国民经济八字方针，国民经济开始好转，科普工作也开始调整，开始转入稳步发展的轨道。

这一阶段以1961年为分界线分为两个阶段：前一阶段科普工作受"大跃进"的影响，出现偏位现象；后一阶段科普工作重新恢复，稳步发展。

"大跃进"背景下科普工作的起步和调整

1. 中国科协成立

1958年，全国科联和全国科普决定在8月下旬联合召开一次全国代表大会，在筹备会议的过程中，全国科联和全国科普认识到，"在当前大跃进的形势下，科联已向工农开门并进行普及工作，科普已在大搞群众性的科学研究，两者的工作已经走向汇合，同时，有些地方党委、科联、科普的专职干部和科学技术工作者以及科学家竺可桢、茅以升等也提出了把科联、科普合并，组成一个统一的科学技术团体，以适应当时的技术革命和文化革命的需要"。两个组织合并起来，"有利于贯彻普及与提高相结合，工农群众与知识分子相结合，生产、教学、科研工作相结合的方针；有利于进一步克服科学技术界脱离生产、脱离实际、脱离群众的倾向"。[①]1958年8月5日，全国科

---

① 《关于建议科联、科普合并的报告》，何志平、尹恭成、张小梅：《中国科学技术团体》，上海科学普及出版社1990年版，第725页。

联和全国科普向聂荣臻副总理和中共中央提出了《关于建议科联、科普合并的报告》，这一建议被中共中央批准。1958年9月18—25日，全国科联和全国科普在北京政协礼堂联合召开了全国代表大会。42个全国性自然科学专门学会和27个省、自治区、直辖市的共计1084名代表参加了大会，大会由李四光致开幕词，国务院副总理聂荣臻代表中共中央和国务院作了《我国科学技术工作发展道路》的报告。国务院副总理陈毅、薄一波到会分别作了国际、国内形势的报告。有关部委的领导也作了报告。周恩来总理接见了全体会议代表。全国科普副主席侯德榜作了《关于科联会务的报告》，全国科普副主席丁西林作了《关于科普会务的报告》，分别回顾了八年来所取得的成绩、不足和体会。

大会通过了《关于建立"中华人民共和国科学技术协会"的决议》，正式宣布全国科联和全国科普两个团体合并，建立一个全国性的、统一的科学技术团体，定名为"中华人民共和国科学技术协会"（简称中国科协），由李四光任主席。其定位是"中国共产党领导下的、社会主义的、全国性的科学技术群众团体，是党动员广大科学技术工作者和广大人民群众进行技术革命和文化革命、建设社会主义和共产主义的一个有力的工具和助手"。中国科协的基本任务是在中国共产党的领导下，密切结合生产积

极开展群众性的技术革命运动。其具体任务有6项，分别
是："（1）积极协助有关单位开展科学技术研究和技术
改革的工作；（2）总结交流和推广科学技术的发明创造
和先进经验；（3）大力普及科学技术知识；（4）采取
各种业余教育的方法，积极培养科学技术人才；（5）经
常开展学术讨论和学术批判，出版学术刊物，继续进行知
识分子的团结和改造工作；（6）加强与国际科学技术界
的联系，促进国际学术交流和国际科学界保卫和平的斗
争。""凡拥护中国共产党的领导、拥护社会主义，对科
学技术的发明创造或在技术革新方面有成就的或积极参加
各种群众性科学技术活动的工人、农民和知识分子，不拘
学历，都可以自愿申请，经所在地区或单位的科协基层组
织批准，成为科协的会员。"①大会由中国科协副主席范
长江作总结报告，他根据聂荣臻报告的精神，结合中国科
协科技团体的特点，提出中国科协工作的总精神是："坚
决依靠党的领导，密切结合生产，放手发动群众，迅速
壮大科学队伍，把技术革命的群众运动不断推向新的高
潮。"②我国的科普工作从此由原来的全国科普管理转为
中国科协管理。

---

① 《关于建立"中华人民共和国科学技术协会"的决议》，何志平、尹恭成、
张小梅：《中国科学技术团体》，上海科学普及出版社1990年版，第743—744页。

② 《中国科协副主席范长江总结报告》，何志平、尹恭成、张小梅：《中
国科学技术团体》，上海科学普及出版社1990年版，第747页。

2. 中国科协科普工作面临新局面

在中国科协成立大会上，群众路线被反复强调，并将执行群众路线和知识分子科技人员工作对立起来。普通群众在科技上的作用被放大，在参会的1084名代表中，仅工人农民出身的"土专家"就有157人。中国科协会员条件也过于宽泛地向群众开放，难以反映其作为科学技术团体的特色，全国科联和全国科普时期的总会员人数是140万人，而到1959年初，中国科协的会员人数已经达到600万人左右①。

1958—1961年，在"大跃进"的背景下，中国科协专业活动的主要内容是"研""总""普""训"，即开展群众性的科学研究活动、总结推广先进经验和创造发明成果、科学技术知识的普及宣传、各种技术训练教育②。尽管"大力普及科学技术知识"是其6项任务之一，但在实际工作中，进行群众性实验活动和技术推广成为其主要工作，科普的内容也偏重实用技术。中国科协广泛开展群众性的科学技术活动，成立群众科学研究小组，大搞群众的科学技术理论总结，奉行工农群众知识化、知识分子劳动

---

① 范长江：《1959年全国科协工作规划要点（草案）》，何志平、尹恭成、张小梅：《中国科学技术团体》，上海科学普及出版社1990年版，第779页。
② 中国科学技术协会组织宣传部：《中国科学技术协会简史》，1988年，第52页。

化，有计划有领导地开展学术批判，专业科技人员的作用被贬低和忽视，也就难以有效地发挥一个科技团体该有的促进科学发展、进行科学普及的作用。

在盲目追求高速度、高指标的"左"的思想指导下，当时制定了一些不合实际的规划，《一九五九年全国科协工作规划要点（草案）》中，对工业、农业、医药卫生、改造自然、尖端科学、基础科学等6个方面都提出了工作要求。在工业方面，要求继续贯彻以钢为纲、全面跃进的方针，进一步开展群众性技术革命运动，并对各级科协提出了庞大的、不切实际的要求。在农业方面，提出以完成1959年粮食、棉花的两大增产指标为中心，开展技术革命群众运动，促进农林牧副渔全线技术大革命。

也正是在1959年，中国科协开始讨论解决过于强调群众性科学技术活动而忽视专业科学技术机构和专业科技人员的作用问题，提出要两条腿走路。只有发动和组织广大科学技术工作者和广大群众，两者密切结合、相互支援，才能使技术革命运动进行得更快更好。1960年7月，中国科协召开了上海现场会议，这次会议制定了《中国科协1960年下半年—1962年工作规划要点（草案）》《关于加强自然科学专门学会的意见（草案）》《大力开展各种形式的技术上门活动的意见（草案）》等12个文件，这些文件对科协的工作产生了良好的指导作用，逐渐开始对前期的工作进行调整。

到1961年，中共中央提出"调整、巩固、充实、提高"的国民经济八字方针后，国民经济形势开始好转，科普工作也开始调整。1961年4月，中国科协在北京召开了全国工作会议，总结了三年来的经验教训，重新研究和部署工作。1961年6月，在当时中央主管科学技术工作的国务院副总理聂荣臻主持下，国家科委和中国科学院经过反复调查研究和广泛听取科学界的意见，提出了《关于自然科学研究机构当前工作的十四条意见（草案）》，即"科学十四条"，对知识分子的红与专、"双百"方针、理论联系实际等7个政策问题作出全面阐述，正确的政策重新调动了知识分子的积极性，科技工作开始复苏，中国科协的科普工作也开始逐步展开。1962年春，周恩来总理在广州会议上作了《论知识分子问题》的报告，重新肯定知识分子的地位和作用，广大科学家对此欢欣鼓舞，责任感和积极性大大提高。之后，中国科协进一步明确科协的任务是一手抓学术活动，一手抓科学普及，科普工作又重新转入扎实、稳步发展的轨道，兴办科普事业，如恢复科学普及出版社、《科学画报》、模型仪器厂，办展览、讲座，加强广播影视科普的创作和放映工作，大力开展农作物病虫害防治宣传，积极开展青少年科技活动，等等。科普组织吸收会员由不讲标准，调整为以科技人员为主体，实行领导、工农技术骨干和科技人员三结合；科普对象由以前只抓工人、农民普及，调整为以工农为主，兼顾干部、学生；科普内容在突出实用技术普及的同时，注意新兴科学技术知识、基础科学知识的普及[①]。

1963年，随着"四清运动"的开展，以及"三大革命运动"的提出，中国科协开始大搞群众性科学实验运动，成为党开展群众性科学实验活动的有力助手。

科普宣传阵地的发展

1. 科普出版

"大跃进"之风也刮进了出版阵地，科学普及出版社被指为"裴多菲俱乐部"而撤销。当时"出书如出报""48小时出版一本书"等浮夸的口号被提出，虽然图书出版的数量有所增加，但一些未经实践检验和未经科学论证的发明创造都被当成科学加以编辑出版，一些图书出版之日也是其消亡之时，如江苏人民出版社出版的"土法冶炼经验丛书"、科学普及出版社出版的"工农为跃进经验交流丛书"等[②]。

---

① 刘新芳：《当代中国科普史研究》，中国科学技术大学2010年博士论文，第31页。
② 刘新芳：《当代中国科普史研究》，中国科学技术大学2010年博士论文，第42页。

1961年后，科普图书的出版也随着国民经济的好转出现一定的复苏，有多家出版社出版了一批质量较高的知识科普丛书，科普创作又出现了一个高潮期，代表性的科普作品主要有：著名文学家和编辑家胡愈之倡导、竺可桢等著名科学家参与撰稿的"知识丛书"，著名数学家华罗庚等编撰、人民教育出版社出版的"数学小丛书"，著名历史学家吴晗主编、中华书局出版的"历史小丛书"，著名科学家茅以升主编、北京出版社出版的"自然科学小丛书"，李四光等众多科学家撰写的《科学家谈21世纪》，伍律撰写的《蛇岛的秘密》，叶至善撰写的《失踪的哥哥》，以及《小伞兵和小刺猬》《野兽医院》《布克的奇遇》《动脑筋爷爷》《算得快》等科学文艺读物，也在这一时期由少年儿童出版社（上海）和中国少年儿童出版社推出。这些图书都受到了广大读者包括青少年读者的广泛欢迎。特别是"十万个为什么"丛书，创造了中国科普出版史上的奇迹。"十万个为什么"第一版于1961—1962年间由上海人民出版社出版，共8册，分为物理、化学、天文气象、农业、生理卫生、地质矿物、动物、数学，共收录了1484个"为什么"，总计105万字。第二版于1964—1965年由上海少年儿童出版社出版，在第一版基础上进行增改，学科分类更加合理，按学科门类分为14册：数学1册、物理2册、天文1册、气象1册、自然2册、地理1册、动物2册、植物2册、生理卫生2册。每册大约150~200个"为什么",总计2480个问题。"十万个为什么"丛书一出版就受到了社会上的广泛欢迎,仅至1964年4月,就已出版发行584万册(73万套),影响了一代青少年科学观的形成,激发了他们对科学的热爱之情,成为新中国少儿科普出版史上的佳话①。

《人民日报》《光明日报》等众多报刊也加强了科普宣传,如傅连暲的《养身之道》、茅以升的《桥话》、梁思成的《拙匠随笔》、华罗庚的《大哉数学之为用》等名篇佳作都在这一时期见诸报端。竺可桢的《向沙漠进军》、茅以升的《石拱桥》后来都被选进了中学语文教科书。还有13个省市恢复或创办了"科学小报",加强了对农村的科普宣传②。

2. 科教广播影视

1958年,广播事业局与中国科协联合组织成立"科学技术广播委员会",作为科学节目的咨询机构。此后中央台又先后开办了《科学为和平服务》节目(由国际广播组织主办,各国著名科学家介绍现代科学技术中的新成就和

---

① 刘新芳:《当代中国科普史研究》,中国科学技术大学2010年博士论文,第41页。
② 章道义:《中国科普——一个世纪的简要回顾》,《科技日报》,2001年5月25日第12版。

发展远景）、《技术革命和文化革命》专题广播、《技术革命的新高潮》专题、《农业科学技术讲座》节目等。

这一时期《科学知识》节目作为名牌栏目进一步发展。1961年，栏目把医学部分划分出去，单独设立了《讲卫生》节目，专门开展医药卫生科普。1963年《关于加强农业科学技术普及宣传工作》的通知发出后，中央台又把《科学知识》下的《农业科学技术》小节目办成独立栏目，以加大农业技术宣传和推广，1964年，"农业科学技术广播工作小组成立"，全国各地掀起了一股农业科普的热潮，到1964年12月，有15个省、自治区、直辖市成立了相应的工作小组，有28个省级广播电台举办了《农业科学技术》节目或者增加了农业科普内容①。

科教影视事业在"大跃进"时期同样遭遇了曲折，1960年前后继续踏实前进。

1960年3月，北京科学教育电影制片厂（简称北京科影厂）成立，从此中国电影事业中又增加了一支生力军，此后它不断发展壮大，最终成为国内外有影响的重要科教片生产基地。成立之初的1960年，北京科影摄影影片43部67本，如《汽轮机》《声波与超声波的应用》《消灭农牧区鼠害》等。1961—1965年，科教片的摄影进入繁盛期，大量优秀影片出现，如1964年的《对虾》、1965年的《水

---

① 司有和：《中华人民共和国科技传播史》，重庆出版社2005年版，第246页。

地棉花蹲苗》都获得了国际大奖。

其他已经建立的科影厂经历"大跃进"后，在1961—1965年也都有较大的发展，上海科影厂在20世纪60年代初采取了一系列措施促进科教片的生产。1961—1965年，共拍摄科教片115部。这些影片在促进科学技术的普及等方面发挥了重要作用。典型的影片有：第一部科学童话片《知识老人》、第一部儿童科学幻想片《小太阳》、第一部科学考察片《泥石流》等。

农业电影社在经过了10年的不断发展后，于1964年正式成为农业电影制片厂（简称农影厂）。1961—1965年，农影厂共生产影片201部，为农、林、牧、副、渔业的增产，巩固国民经济做出了贡献。典型的影片有《温室黄瓜》《采茶》《巧管"千金"水》等。

我国电视事业也在这一时期开始起步，1958年4月，北京电视台（中央电视台的前身）开播，其三大任务是宣传政治、传播科技知识和充实群众文化生活，这实际上为整个中国的电视事业定下指导方针。根据这一方针，介绍科学常识、少儿科普、气象预报以及电视远程教学等节目相继亮相于我国早期的电视荧屏。北京电视台试播当天，就播出了苏联科教影片《电视》，此后还不定期播映科影厂摄制的科教片。1960年，设立了《科学常识》和《医学顾问》两个固定栏目，这是我国最早的电视科普专栏节目，1961年又开设了少儿科普栏目《聪明的机器人》。
1958年，我国第二家电视台——上海电视台开播后不久也
推出了《卫生节目》，1960年开设了《科技知识》栏目；
同年第三家电视台——哈尔滨电视台开播后，也相继开办
了《卫生常识》《科学战线》《科学世界》等栏目。[①]

群众性科学实验活动为主的科普活动的开展

1. 群众性科学实验活动

1958年前后，群众性的科学实验活动就已经有所开
展，当时的主要表现形式为动员群众钻研科学技术，大搞
试验田，建立各种群众性的科学技术研究试验机构，并总
结推广群众的发明创造和先进经验，开展技术上门活动。
比如1960年，上海市在全市范围内广泛开展了一个大搞
超声波的新技术应用群众运动。广泛发动群众进行试验应
用，同时组织专业队伍，研究解决技术关键，开展理论研
究，并组成推广新技术办公室进行联合作战，促进超声波
技术在工农业等各方面的迅速推广应用。[②]在活动中，实

---

① 司有和：《中华人民共和国科技传播史》，重庆出版社2005年版，第
247—248页。
② 舒文：《上海市科协1960年上半年工作报告——在中国科协上海现场会
议上的报告》，何志平、尹恭成、张小梅：《中国科学技术团体》，上海科学普
及出版社1990年版，第803页。

行"三结合"大协作的方式，干部、群众、科技人员三结合和生产、研究、教学单位三结合，开展各种形式的技术上门活动，比如全国机械系统的"万人接力推广队"活动。所谓"万人"，就是要大搞群众运动，轰轰烈烈，大造声势，有很多人参加推广工作；所谓"接力"，就是中央和地方相结合，先由中央组织的推广队分赴各地着重推广先进经验，再由各地区组成接力队，继续接下去推广先进经验，使技术革命之花能够在全国范围内广泛结出生产跃进之果①。

1963年，毛泽东提出"阶级斗争、生产斗争和科学实验，是建设社会主义强大国家的三项伟大革命运动"，科学实验成为三大革命运动中不可或缺的一项，是多快好省地建设社会主义的大事，群众性科学实验活动获得了更强大的发展动力，更大规模地发展开来，成为当时科普工作的主要形式。1963年后，全国各地各部门大量建立科学实验小组，据全国24个省、自治区、直辖市不完全统计，至1964年末，仅农村群众科学实验小组已发展到40多万个，组员共有200多万人。②1965年增加到100多万个，参加人数约有700万。仅上海科协在郊县就成立群众性实验小组

① 江泽民、李西山：《关于机械工业万人接力先进经验推广队的发言》，何志平、尹恭成、张小梅：《中国科学技术团体》，上海科学普及出版社1990年版，第846页。
② 《中国科学技术协会》，当代中国出版社1994年版，第271—272页。

6200个，有4.6万多人参加活动①。

为巩固提高已有的群众科学实验小组和促进群众性科学实验活动的进一步发展，中国科协于1964年4月在北京召开了全国农村群众科学实验活动经验交流会，这次会议通过100多个大会发言和书面材料，交流、总结了各地先进典型经验，充分肯定了群众科学实验小组在促进农业增产、巩固集体经济、培养农村技术人才、提高群众科学技术水平和改变人们精神面貌等方面所产生的作用。此后，1965年，国务院在北京召开了全国农业科学实验工作会议，1966年，中国科协在福州再次召开全国农村群众科学实验活动经验交流会，大力倡导和推动这项工作。

2. 技术培训

这一时期，为适应技术革命和文化革命深入开展的要求，各种业余教育大量兴办，大搞科学普及工作。各部门大量举办以专业或专题为内容的短期的研究班、训练班、系统讲座，办各种业余技术学校，包括业余初级技术学校、业余中等技术学校和业余科学技术大学。培训对象以技术革命运动中涌现的积极分子、生产能手和干部为主。同时，大搞新技术"扫盲"运动，广泛应用开报告会、座

---

① 朱效民：《建国以来我国科普发展的历史回顾》，《科普研究》，2001年第4期。

谈会，现场参观，技术表演等各种方式及报刊、资料、广播、电视、电影、幻灯、展览、画廊等各种宣传工具，利用文化馆、俱乐部等各种阵地，广泛普及工农业科学技术知识和各种自然科学基础知识，如普及无线电、半导体、自动化等新技术知识。

三、"文化大革命"期间的科普事业（1966—1976）

　　"文化大革命"初期，科普事业遭遇了严重挫折，各项工作几乎陷于停滞。1971年之后，在周恩来总理等中央领导的重视关怀下，科普出版、科教影视、科普场馆等工作相继得到缓慢恢复。继续蓬勃开展的群众性科学实验运动、赤脚医生的科普实践、各高校兴办的"短训班"等活动，为向广大人民群众普及、推广科学技术知识发挥了重要作用。

"文化大革命"期间的科普组织

1."科协办公室"的设立

　　"文化大革命"开始后，科协组织被污蔑为"修正主义的裴多菲俱乐部""资产阶级世袭领地""封资修大杂烩"，相继被"砸烂"。"1969年春，'三科'（科委、科协、科学院）合并，开始选点办'五七'干校。由于科协是所谓连锅端的单位（即按撤销单位对待），除极少数老弱病残者外，包括还未解放的干部，在1969年9月统统下放干校劳动。"①这一期间，科协系统遭到极大破坏，工作处于停滞状态。"1972年，周总理在会见英国外宾后曾对陪同会见的周培源说，科协不是撤销单位，科协工作要加强。"②在此背景下，1973年春天，中国科学院内设立了"科协办公室"，编制10人，分别来自中国科学院、国家科委、中国科协三个部门。"科协办公室"的设立，一方面是要保留建制，进退两全；另一方面是出于外事需要，对外交往还要借用这个组织的名义。

1974年底，周恩来总理亲自提名，高士其当选为第四届全国人大代表，当有人说科学家的名额已满时，周总理明确地说："高士其代表科普！"在1975年第四届全国人大一次会议上，周恩来总理作政府工作报告，并在小组会议上当众宣读了高士其反映的问题："科学普及工作现在无人过问。工农兵群众迫切要求科学知识的武装，请您对科学普及工作给予关心、支持！"总理高声地说："高士其同志意见很好！很好！"③1975年后中国科协原书记处

① 章道义：《范长江的璀璨人生和他的最后岁月——忆中国科协第一届党组书记，一位跨越新闻与科技两界的卓越领导人》，《亲历科协岁月（2）》，中国科学技术出版社2014年版，第44页。

② 何志平：《我参与的中国科协的两个"从零开始"》，《亲历科协岁月（2）》，中国科学技术出版社2014年版，第69页。

③ 高士其：《高士其自传》，科学出版社2015年版，第302页。

书记王顺桐又重新回到科协主持工作。

党和国家领导同志的亲切关怀，给了艰难岁月中的科协组织战胜困难、奋勇前进的强大动力，"科协办公室"一直坚持开展包括科普工作在内的有关工作，为科协工作和科普工作以后的恢复发展打下了基础。

2. 各级科技工作者的坚持

在十年浩劫中，科研人员、科技工作者受到了严重干扰，但他们仍在恶劣环境下坚持开展科普工作，取得了不少成果。如在上海市科协所在地上海科学会堂，建立了一个以工人为主体的科技交流站来取代所谓的"资产阶级世袭领地"——上海市科协。交流站按行业或工种成立若干专业技术交流队（如铸造技术交流队、焊接技术交流队、纺织技术交流队等），组织同行业或同工种的技术工人围绕当时当地生产技术上的一些关键问题，开展不同形式的技术交流和推广普及活动，取得一些成效。直到1977年各地科协和学会恢复以后，这些交流站、交流队才陆续结束。河南省偃师县岳滩大队、新乡县刘庄大队、滑县秦刘拐大队等一些农村科学实验基点，在十年内乱中，科技人员坚持与农民相结合，继续实行科学种田。黑龙江省卫生学研究所所长刘志诚教授在受迫害的逆境中，全力投入预防医学科研和科普工作，在化学除草剂毒性研究及解决食品污染等方面，取得许多成果。[①]此外，一些省、自治区、直辖市科技局还一度设立过一个职能机构——科普处，来开展科普工作。

中国科学院各个研究所的科技人员走出实验室，走进工厂，走到田间地头，与基层群众一起研究试验，切实将科学知识普及到广大民众中去。微生物研究所科技工作者在前往山西运城农村参加劳动时，与当地农民成立了科学实验小组，从生产实际出发，开展了棉花治虫、毒杀蝼蛄、良种栽培、碱化草饲养等科学实验活动，并在全县推广。遗传研究所科技人员走出实验室和农民群众一起研究试验，创造出简单易行、经济实用的糖化饲料生产方法，受到群众欢迎。

在任何时候，科普工作都是不可缺少的，通过各种组织形式影响着人民群众生产生活的方方面面。

3. 各级学会的坚持

在科协组织瘫痪的情况下，许多科技工作者仍采取协作组等其他形式继续开展科技活动，称为"没有学会的学会活动"。

1970年4月，国务院派人向华罗庚传达了周恩来总理

---

① "当代中国"丛书编辑委员会：《中国科学技术协会》，当代中国出版社1994年版，第84页。

的指示："统筹法是要搞的。"在这样的情况下，中国数学会理事长华罗庚组织100多名学会研究人员组成"推广统筹法优选法小分队"，到全国各地开办学习班，进行大面积推广。厂矿工人以此入手，迅速掀起了群众性科学实验运动，将数学理论知识与生产管理实践紧密结合起来，极大地提高了生产效率。

北京作物学会小麦专业组的一些科技工作者，在1972年后又聚集在一起继续深入农村，考察麦情，进行技术指导。中国机械工程学会理事会主要负责人带领各专业学会的相关人员，主持编写了《机械工程手册》和《电机工程手册》。中国造船学会的几位老会员组织七八十人编写有关船舶方面的工具书。广州航海学会坚持开展科学普及活动，1973年为了适应华南地区航海事业发展的需要，及时恢复了组织，并围绕亟须解决的航海技术问题，编写了各种科技资料近30万份；在1973年到1977年间，举办200多次报告会和讲座会，参加活动者达到10万人次；他们还编写并拍摄了《船舶避碰》《船舶救生》等科教影片和幻灯片，编绘了关于帆船防御台风科学知识的连环画册，并两次组织了船舶防台风和船舶避碰巡回宣传队，前往全省沿海和沿江各港口，向广大船员、渔民进行宣传。河南省农学会著名玉米育种学家吴绍骙教授被打成"反动学术权威"下放到商丘劳动期间，帮助农民办起了科学试验站，向农民传授先进的农业科学技术知识，培养了一批农民技术员，使贫穷落后的五里扬大队变成了一个高产稳产的生产队。①

"文化大革命"期间的科普宣传

1. 科普出版

"文化大革命"初期，许多出版机构被合并或撤销，编辑出版人员受到批判、迫害，大批人员下放"五七"干校劳动。科普出版事业也受到了极大破坏。

科普图书出版数量锐减，科普出版社机构被撤销，人员被遣散，科技科普期刊纷纷停刊。"1966年至1970年的5年内，科技读物共出版298种。其中医药卫生方面的书有66种，多为《赤脚医生手册》《中草药手册》、医药卫生常识之类；有关农业生产的小册子出了54种，自然科学方面的小册子出了39种。"②自然科学和各种技术科学期刊停刊124种。

在知识匮乏的年代，"十万个为什么"（"文革"版）的推出，反而创造了很高的销量。1970年起，上海人

---

① "当代中国"丛书编辑委员会：《中国科学技术协会》，当代中国出版社1994年版，第82—83页。

② 中国新闻出版研究院：《中华人民共和国出版史料》，中国书籍出版社2013年版，第375页。

民出版社重新修订出版“十万个为什么”，努力排除各种干扰，较好地普及了科学知识。这套书介绍了自然科学各个门类的知识。这套书对我国人造卫星的介绍，对我国在短期内造出3200吨大型破冰船“海冰101”的介绍，对我国工人阶级研制成功压倒所谓名牌“OK”的焊条、创造起重技术史上奇迹的55米高烟囱垂直移位、在生命研究史上做出划时代贡献的“人工合成胰岛素”等重大成果的介绍，突出地表现了中国人民有志气有能力赶上和超过世界先进水平的伟大气魄。并用较多的篇幅反映了工农业生产的实际和科学技术方面的新成就，有些文章在技术革新运动中起了一定的推动作用，受到广大读者的欢迎。这套书宣传了辩证唯物主义，对于读者丰富自己对辩证唯物主义宇宙观的认识很有帮助；通过对一些自然现象的解释，增加广大工农兵对自然规律的了解，对他们在生产实践中触类旁通地运用自然规律来解决生产当中遇到的一些问题，很有益处。“十万个为什么”原来是以青少年为阅读对象的，而“文革”版把阅读对象扩大了。书中有些文字较为专业，对有些基本的科学原理谈得不够透彻，只是详细地介绍操作方法和工艺流程等，使人不好理解。这套书也具有鲜明的时代色彩，例如每本书扉页都印有毛主席语录等。

1971年7月，在北京召开的全国出版工作座谈会结束后，国务院向毛主席和中共中央提交了《关于出版工作座谈会的报告》，经毛主席批示"同意"后，以中共中央文件下发。在文件的第三部分"全面规划，积极做好图书出版工作"中，有一节专门谈到期刊出版工作，文件规定："根据需要和可能，逐步恢复和创办一些理论、文学艺术、科学技术、学术研究、文教卫生、体育等期刊，首先要注意恢复和创办工农兵、青少年迫切需要的期刊。"①

1971年7月22日，郭沫若给周总理的一份请示报告中提道："《考古学报》《文物》《考古》三种杂志拟复刊，以应国内外之需要。"周总理批示"同意"，使这几种杂志成为"文化大革命"中最早复刊的少数杂志。截至1973年5月，"文化大革命"中停刊的124种科技科普读物中，已复刊的仅有《科学通报》《地理物理学报》《地质学报》《中华医学杂志》等11种。各大学自然科学学报，大部分没有复刊，但与同期其他门类的读物相比，科技科普类期刊恢复情况相对较好。据版本图书馆1972年收到的全国已出版的期刊样本（包括1973年创刊的个别期刊），公开发行的科学技术类期刊有51种，占发行期刊总数（145种）的三分之一强；此外，尚有内部发行的期刊

---

① 方厚枢：《"文化大革命"十年的期刊》，《中华人民共和国出版史料》，中国书籍出版社2013年版，第429页。

436种，科学技术类占这类期刊的90%。①

经典科普刊物《化石》即于1973年正式创刊，由中国科学院古脊椎动物和古人类研究所编辑，科学出版社出版。它以辩证唯物论的观点、用丰富的科学内容和工农兵喜闻乐见的形式，赢得了不少读者的赞赏。《化石》刊发的《煤和植物化石》《化石与石油、天然气》等文章，普及了古代生物怎样变成煤、石油和天然气等知识；经常报道国内外化石的新发现以及化石研究的新进展，比较系统地介绍了仿古生物学、古生态学、古生物化学和测定地质年代的新技术，开阔了人们的视野，鼓舞人们探究科学；还贯彻执行"百家争鸣"的方针，围绕着关于人类起源等问题，吸引专业科学工作者以及人民群众展开热烈讨论，具有广泛的群众性，使科学工作者与广大群众结合起来，共同为发展我国的科学事业做出贡献。

1973年4月，周恩来总理提出：上海编的"青年自学丛书"应当向全国发行。上海一个知识青年在西双版纳写了一本介绍金鸡纳霜（一种防治疟疾的特效药）的书，如果内容好，也可以出版。6月，出版口就出版适合上山下乡知识青年的读物问题提出四条措施：（1）将上海人民出版社编辑出版的"青年自学丛书"（25种）列入全国重

---

① 方厚枢：《"文化大革命"十年的期刊》，《中华人民共和国出版史料》，中国书籍出版社2013年版，第431页。

点图书供型印制计划，组织10个协作印制区同时印制，向全国发行；（2）推动中央一级出版社积极为农村知识青年编书出书；（3）从全国已出版或将要出版的图书中，精选出一批适合农村读者需要且比较优秀的读物，经过必要的编辑加工，作为"农村版图书"向农村推荐，广泛发行；（4）建议共青团中央，早日批准恢复中国青年出版社。7月，农村版图书编选研究小组成立，开始组织编写"农村版图书"。"农村版图书"的内容包括政治读物、社会科学基础知识、文学艺术、文化科学知识读物及工具书等。这批图书统一出版规格，加印"农村版图书"标记，专发农村，不发城市。[①]这些书的编选和出版，丰富了知识青年和农村群众的精神生活，对当时科学知识匮乏的状态进行了弥补，提升了他们的科学文化水平。

1973年4月26日，《人民日报》刊发了文章《为工农兵服务，为工农业生产服务，一批科学技术读物陆续出版》，对科学出版社、机械工业出版社等出版的科学普及读物进行了详细介绍。文中指出：科学出版社和几个有关出版单位1973年以来陆续出版发行了一批科学技术读物，受到了广大群众的欢迎。这些读物，每种已发行几万册到几十万册。1973年第一季度，科学出版社出版

---

① 《"文化大革命"时期出版工作纪事（1966年5月—1976年10月）》，《中华人民共和国出版史料》，中国书籍出版社2013年版，第472页。

发行的各种科技书籍共有33种，还有50种左右即将在第二季度出版。其中，有些是修订再版发行的。这些科技读物，有适合广大群众需要的科学普及读物，如《杂交高粱》《生物的进化》《猪的经济杂交》《猪病防治手册》《肥水》《泥石流》《电视机的原理与维修》《铸型尼龙》等；有供专业人员使用的有关基础科学和新技术的书籍，如《地质力学概论》《中国动物图谱鱼类》（第一册）、《微生物的诱变育种》《稀有元素矿物鉴定手册》《晶体管脉冲数字电路》（分上、中、下册）等。为纪念波兰伟大天文学家哥白尼诞生500周年和介绍国外科学知识，科学出版社即将翻译出版哥白尼的《天体运行论》和奥·玻尔等人著的《原子核结构》等。科学出版社还陆续出版发行了中国科学院有关研究所恢复和创刊的一些刊物：《物理》《数学的实践与认识》《考古》《动物利用与防治》《动物学报》《植物学报》等，并且出版了综合性科学普及读物《科学实验》月刊，为广大工农兵群众学习和交流科学技术提供了有益的资料。中国科学院主办的以理、工、农、医基础理论为主要内容的综合性自然科学刊物《中国科学》，1973年也正式复刊，由科学出版社以中文和英文两种版本，向国内外发行。机械工业出版社为了满足广大工人为革命钻研业务、学习文化和技术的愿望，专门编辑出版了"工人技术教育读本"。这是一套技术丛书，初步定为12本，共分两类：一类是基础教材，包括《机电数学》《机械制图》《机械基础》；一类是专业教材，包括《车工》《钳工》《刨工》《铣工》《磨工》《铸工》《锻工》《电工》《热处理》等。其中，《机电数学》《机械制图》，将由上海人民出版社编辑出版。《机械基础》和《车工》，当时已开始在各地新华书店发行，其余的将于年内出齐。北京人民出版社为通俗易懂地向广大工农兵和青少年普及自然科学知识，编辑出版了一套"自然科学小丛书"。这套小丛书初步拟订了30多个选题，已经出版发行了《石油》《塑料》《电视》《元素周期律》《人怎样战胜传染病》《细菌》《原子核和原子能》《常见的圆周运动》《电子探空》《岩溶（喀斯特）》《雨雪冰雹》《合成纤维》以及《地震》《飞机为什么会飞》等。人民卫生出版社出版发行了普及医药卫生知识的书籍74种，其后陆续出版的有关这方面的新书和重版书有30多种，其中多数是面向农村医务人员的，如《"赤脚医生"教材》《眼的卫生》《农村妇女卫生常识问答》《计划生育知识问答》等。适应中西医结合工作发展需要的中医书籍和中西医结合的书籍也比过去增加了。已在各地新华书店发行的《新编中医学概要》，比较系统地介绍了中医基本理论和临床治疗方法，并且做了一些中西医相互印证的工作，读者反映很好。人民卫生出版社还出版和修订再版了一些有重要参考价值的中医古书，如清代吴谦等编著的《医宗金鉴》，以及《濒湖脉学白话解》《药性歌括四百味白话解》《汤头歌诀白话解》。此外，北京友谊医院小儿科、武汉医学院第一附属医院，根据多年来临床实践的经验，分别编写了《中西医结合治疗小儿肺炎》和《中西医结合治疗骨与关节损伤》两本书，由人民卫生出版社出版，并且在各地新华书店发行。①

中国科学院各研究所当时还陆续创办了一些科学普及刊物，由科学出版社出版，积极向广大群众和青少年宣传、普及科学技术知识，刊物形式活泼，文字通俗易懂，深受读者的欢迎。其中，《动物学》向广大群众及基层动物学工作者、知识青年介绍了许多水生、陆生动物，畜牧兽医和实验动物等方面的科研成果和生产经验，以及有关动物学的基础知识、学术动态等，向广大读者普及了有关动物学的科学知识；《科学实验》以群众和专业科技人员在科学实验活动中的创造发明为主要内容；《地理知识》介绍了祖国各地日新月异的变化和世界各国自然经济状况；《遗传与育种》《植物学杂志》等为从事有关科学实验活动的广大群众、知识青年和基层专业科技人员服务。

---

① 《为工农兵服务，为工农业生产服务，一批科学技术读物陆续出版》，《人民日报》，1973年4月26日第3版。

农村群众的科学文化生活方面的期刊也陆续创办。综合性农村通俗杂志《农村文化》曾于1966年1月在北京创刊。《农村文化》每月出一期，它的主要读者对象是农村干部、知识青年和农村文化活动积极分子。除了介绍各地农村生产的先进事迹和经验外，这个杂志还设有民兵军事知识、农业技术知识、卫生常识等栏目。主要任务之一是传播文化科学技术知识，在形式上力求做到图文并茂，可读、可讲、可用。在创办过程中，编辑人员深入农村，广泛听取了地方党委和农村读者的意见，得到了有关部门的大力支持。

2. 科教影视广播

"文化大革命"初期，科教影视事业也遭到重创。一些科教电影被打成"封资修黑片"或"毒草"，《知识老人》《花为谁开》等优秀科普电影被污蔑为"修正主义"科教片。上海科影、北京科影、中国农影相继停产，造成中国科教电影史上连续几年不拍一部科教影片的空白。三个制片厂的科影工作者大部分都被下放到"五七"干校，从事繁重的体力劳动。

直到1972年，在周恩来总理的关怀下，三个制片厂人员才陆续从"五七"干校调回厂里，开始着手恢复科教电影的生产。相继拍摄了《地震》（1972年）、《北京石油

化工总厂污水净化》（1972年）、《种花生的辩证法》
（1972年）、《针刺麻醉》（1972年）、《考古新发
现——长沙马王堆一号汉墓》（1972年）、《搬山填沟造
平原》（1973年）、《喜看农业大丰收》（1973年）、
《赤脚医生好》（1974年）、《农村办沼气》（1974
年）、《战胜地震灾害》（1974年）等影片，此外还
有《节柴灶》《室外养蚕》《稻田养萍》《雷电》等片。
由于科教电影工作者深入生活，深入体察了工农兵群众的
爱好和需要，这些影片能够紧密结合人民群众的生产和生
活实际，切实解决了群众的困难和问题。北京科影拍摄
的《地震》曾发行拷贝数千份，为唐山地震期间向人民群
众普及地震知识发挥了重要作用，产生了较大的社会影
响。有些影片还具有较高的拍摄水准和艺术价值，上海科
影拍摄的《针刺麻醉》获得1974年第1届纽约长岛国际电
影节大奖，北京科影摄制的《西汉古尸研究》获得1976年
第9届巴塞罗那大学国际科教电影节最佳影片银牌奖。

　　1974年12月25日起，全国城乡陆续举办了"科学教
育影片展览"。这次展览的科教影片，工业题材的有《石
油生产与勘探》《向炉龄要钢》《自动线》《矿山机械》
等；农业题材的有《大寨田（一、二集）》《水稻杂
交》《巧用化肥》《吐鲁番防风治沙》等；卫生题材的
有《送瘟神》《防止病从口入》《中草药》《骨折新疗

法》等；此外，还有一些与支援农业有紧密联系的和其他内容的科教影片。①

3. 科普场馆

"文化大革命"初期，全国各地的博物馆、展览馆等科普场馆均遭受了一场劫难，一些场馆遭到撤销或关闭，工作人员被下放到干校劳动，有些专业人员遭到批判，科普场馆的发展陷于停滞。以北京为例，首都博物馆筹建处即遭到撤销。所幸的是，由于当时对考古发现的重视，北京得以新增一座展览馆。1967年，我国科学工作者在周口店发现中国猿人头盖骨化石，受这一重大科学发现的积极影响，1971年，中国科学院拨专款对周口店遗址博物馆进行扩建，并更名为"北京猿人展览馆"。

1972年以后，我国与国外的科技交流日益增多，北京、上海、天津等地展览馆相继举办国际、国内展览会，国际科学团体友好人士也曾来华访问。尽管1972—1975年，博物馆、展览馆的展品件数、举办展览个数、观众人次呈现出逐年递增的态势，但举办的展览总数仍然较少，无法满足人民群众的科普需求。例如北京举办展览次数最多的1975年，除地质博物馆举办展览20次、北京展览馆举

---

① 《阐述科学知识介绍先进经验增加人民知识全国城乡今起陆续举办〈科学教育影片展览〉》，《人民日报》，1974年12月25日第4版。

办10次外，其余场馆展览次数均为个位数（全国农业展览馆7次，自然博物馆5次，北京天文馆3次，北京猿人展览馆1次，八达岭文物保管所1次）①。

国际性展览方面，北京展览馆先后举办了瑞典工业展览会（1972年4月）、法国科学技术展览会（1972年11月）、英国工业技术展览会（1973年3月）、法国测量和科学仪器展览会（1973年10月）、法国工业科学技术展览会（1974年5月），等等。其中，法国科学技术展览会总共吸引了5万余中国科学技术工作者和人民群众观看。1973年10月，国际科学协会理事会主席、法国巴黎科学院院士库隆教授，国际科学协会理事会秘书长、荷兰皇家科学院院士斯塔夫罗教授，国际科学协会理事会执行秘书贝克先生到访北京，之后赴南方参观访问。时任中国科学院副院长吴有训、中国科协副主席周培源先后接待了库隆一行，相关科技工作者也参加了会谈。他们的到访也为我们的科学普及工作带来了不少先进经验。上海展览馆（又称中苏友好大厦，今上海展览中心）举办了加拿大电子和科学仪器展览会（1974年4月）、英国机床和科学仪器展览会（1975年3月）等展览。加拿大展览团的技术人员在展览期间，同中国技术人员进行了座谈。客人们还参观了上

---

① 谭君：《"文化大革命"时期北京民众的娱乐生活》，首都师范大学2013年硕士论文。

海工业展览会、工厂、人民公社、医院、学校和少年宫。1975年4月，天津举办了意大利电子和科学仪器展览会。这些展览为中国与法国等国科学技术的交流提供了机会，并给普通大众提供了接触世界先进科学技术的机会，点燃了他们的科学热情。

国内展览方面，1974年10月，北京自然博物馆举办了古生物与古人类陈列室、植物陈列室、古象陈列室（试展）。除此之外，各地展览馆还相继举办了综合性或专门性的技术革新展览会，推广生产新知识、新技术。例如，上海展览馆曾举办多场展览会（1971年10月、1973年12月、1975年9月，等等），并曾于1975年9—12月举办了电子应用与自动化展览；武汉展览馆曾于1975年6月举办工业技术革新展览会，吸引了大量民众参观。

北京天文馆也采取各种方式积极开展科学普及活动，向广大群众宣传天文科学知识，受到热情称赞。1973年暑假期间，该馆还到北京市5所少年宫和一些中小学，给青少年们举办"宇宙的故事""探索宇宙的秘密"等科学报告会，并组织他们观看了人造星空表演。1974年1月，天象厅向广大群众表演了《认识宇宙》《昼夜四季》《地球和月亮》等节目共2000多场，观看表演的群众达到80多万人次。工作人员还在天文馆内的小型天文台上组织群众进行天文观测，并把天文望远镜带到群众中去，使更多的人

亲眼观看了日月星辰的实际状况。北京天文馆还采取各种
方式帮助群众理解各种天文现象。1973年底至1974年春，
天空曾出现一颗大彗星，为此，该馆特地编排了一套介绍
彗星知识的节目——《彗星的故事》。该馆还筹备天文知
识展览，通过图片、照片、陨铁等天体实物，全面地向观
众介绍地球、月亮、太阳、太阳系，以及整个恒星世界的
知识。[①]

北京文化、科学技术单位举办各种讲座，帮助广大干
部群众和技术人员补充科技知识，提高科学水平。北京
图书馆和首都图书馆曾分别举办"科学发明史"等专题
讲座；北京市农林局和北京市科学技术局举办的"小麦高
产的科学技术"讲座，邀请有关的农业科学工作者、高等
学校教师和富有实践经验的农村基层干部、农业技术员
等，给各区县负责农业生产的领导干部和部分农民群众、
农业技术人员讲解小麦高产的经验和科学知识。北京市有
关工业、科学技术部门和北京市劳动人民文化宫，还邀请
一些教师和科学技术人员，为北京的工人和技术人员讲解
可控硅的应用技术，光电测温、控温仪及其在单晶炉上的
应用，以及新钢种的热处理等科学技术知识，推广先进技
术，促进工业的技术改造。这些讲座受到了广大干部和群

---

① 《北京天文馆积极开展科学普及活动》，《人民日报》，1974年1月8日
第4版。

众的热烈欢迎。不少住在郊区的工人、农民和干部半夜就
起身，从百里外赶来听课。①

"文化大革命"期间的科普实践活动

1.群众性科学实验运动坚持继续开展

1963年毛泽东主席提出的"三大革命运动"理论
在"文化大革命"期间成为响亮的口号，在"科学实验是
三大革命运动之一"的思想引领下，群众性科学实验运动
继续开展。

在城市，"接力赛"等新型协作形式逐渐兴起。这种
形式是指专门的科研院所同生产单位直接对接，促进生产
和科学研究事业协同发展，又叫作"成果移植"或"大会
战"。许多科研工作者在科学为社会主义建设服务，科学
和生产紧密结合的思想指导下，深入生产实际，主动把研
究成果送到工厂去，帮助工厂进行试验和生产。许多生产
单位也采取积极主动的态度，和科学研究单位、高等学校
联系挂钩，积极承担对研究成果进行中间试验和扩大生产
的任务。这种协作活动在辽宁、吉林、黑龙江、北京、上
海、天津等省、直辖市，开展得有声有色，积累了很多成

---

① 《北京文化、科学技术单位举办各种讲座 帮助干部工农群众提高理论水
平 增加科技知识》，《人民日报》，1973年2月11日第3版。

功经验。例如，清华大学曾与辽宁营口市一个手工业机电修理合作社搞协作，共同生产一套国家急需的闪烁谱仪。为了把成果交接好，学校专门组织了一个交接成果小组到合作社去，帮助合作社提高工人的技术理论水平。他们一方面教基本理论课，另一方面帮助工人掌握关键技艺，克服技术难关。师生与工人共同努力，以极高效率完成了任务。中国科学院冶金研究所、化学研究所、物理研究所也分别与62个生产单位和69个工厂建立了协作关系，推广了数十项研究成果。①这种协作方式既促进了生产和科研进步，又切实向工人群众推广了科学技术、科学方法和科学精神。

在农村，科学种田活动如火如荼地开展起来。各地倡导农民坚持科学实验，用科学态度种田。福建省龙海县莲花公社黎明大队在水稻生产的各个环节上下硬功夫，逐步总结出一套包括科学育秧、科学烤田、合理灌水、合理施肥等在内的水稻栽培管理技术，涌现了一批科学种田积极分子，并到省内外传授经验。大队党总支书记黄海澄应马里共和国的聘请，还曾到非洲大陆传播水稻高产技术②。西藏吉隆县孔木乡农牧民积极实行科学种田和科学放牧，

---

① 《专门的研究单位同群众性技术革命运动相结合的好方式 "接力赛"促进生产和科学研究事业发展》，《人民日报》，1966年1月4日第2版。

② 《"农民怎么不能搞科学？"——记福建龙海县黎明大队坚持科学实验、科学种田》，《人民日报》，1966年1月12日第3版。

在高寒地区夺得农牧业生产连年丰收。专业科学技术人员还积极帮助农民群众建立四级农科网。县、社、大队、生产队四级农科网是由干部、群众、科技人员"三结合"构成,不仅调动了群众学习科学知识的积极性,也发挥了专业技术人员的作用,培养了一支农民科技队伍。

在农村科学实验运动中,上山下乡的知识青年也发挥了积极作用,被称为"农业科学实验的一支生力军"[①]。"在一些地区,多达三分之一的上山下乡知识青年参加了科学实验。无论是在临时实验室里培养细菌肥料,还是观察害虫生活习性以便发明更有效的控制农田害虫的技术,或者是设计新的农业机械等方面,知识青年都提供了非常关键的支持,为国家的发展目标而将实验成果转化为适用的农业技术。而且,知识青年参加科学实验,也为年轻人追求科学知识和实现革命理想提供了机会。"[②]

江苏省扬州地区6万多名下乡知识青年中,有1万6千多人建立了1840多个"三结合"的农业科学实验小组,广泛开展农业科学实验活动。他们进行了改土、育种、农用微生物、病虫测报、气象预报、农机具改革等多项科学实验,为普及和推广农业新技术、发展农业生产,做出了

---

① 《农业科学实验的一支生力军——江苏省扬州地区组织下乡知识青年开展农业科学实验的调查》,《人民日报》,1975年8月21日第3版。

② 西格丽德·施迈茨著,张苏译:《"伟大的革命运动":20世纪60—70年代的中国知青与农村科学实验》,《古今农业》,2017年第2期。

积极贡献。一方面，知识青年向农民普及农业科学技术知识，帮助农民提高文化科学知识水平；另一方面，农民群众向知识青年传授农业生产实践经验，有利于知识青年因陋就简搞科研。扬州高邮县知识青年徐志荣，经过反复试验，成功研制出了半导体光电日照计，并在全国群众科学实验成果展览会上展出，受到好评。[①]

2."赤脚医生"的科普活动

1965年6月26日，毛泽东批示"培养一大批'农村也养得起'的医生，由他们来为农民看病服务"。此后，在农村通过短期培训的方式培养了一批半农半医的赤脚医生。赤脚医生中有的是当地的高小毕业生，有的是上山下乡的知识青年。赤脚医生积极向农民群众普及医学医药知识，使农村医疗状况得到迅速改观。

为了充分发挥草医草药防病治病的作用，赤脚医生与农民群众、卫生员组成"三结合"科学研究小组。他们深入群众，对每一种草药的特性进行细致的研究。科学研究小组在熟练掌握各种草药性能的基础上，进行草药与西药对号，中西医药配合运用。例如：中草药"杏仁"能止咳，"苏叶"能发汗，用这两种中草药配制成散，代

① 《农业科学实验的一支生力军——江苏省扬州地区组织下乡知识青年开展农业科学实验的调查》，《人民日报》，1975年8月21日第3版。

替了西药"解热止疼片",治感冒效果很好;草药"伸筋花"有伸筋活血作用,把它泡在白酒里制成了"伸筋活血药酒"。

科学研究小组还根据旧的接骨方法,经过去粗取精,去伪存真,成功地制成了接骨快、效果好的"接骨膏药"。科学研究小组研究制成丸、散、膏、丹30多种新药品,占日常用药量的40%,切实帮助群众用中草药治病防病。[①]

3. 大学开办"短训班"

1969年底,上海10多所高等院校开始普遍举办短期培训班,向广大农民群众普及科学技术知识。据不完全统计,仅在1973—1974年,就举办了650多期包括文科、理工科和医科在内的短训班,培训人数达到4万5千多。

上海各大学举办短训班从实际出发,因地制宜。有的办在基层单位,有的办在校内;有的以学校为主来办,有的是学校配合有关单位办。每期一般两三个月,长则半年多,短的只有几天。许多群众经过短训班学习,较好地掌握了有关科学技术知识,成为所在单位理论队伍和技术队伍的骨干力量。短训班的最大特点在于:教学内容很有针对性,人民群众需要什么就教什么,学了就能用。短训班

---

① 《医药科学研究小组好得很把群众性的医疗卫生工作办好——关于农村医疗卫生制度的讨论(三十三)》,《人民日报》,1970年7月14日第3版。

每期教学内容的确定，都事先经过调查研究，充分考虑到挂钩单位的实际需要。如上海交通大学的"冷挤压"短训班，就是适应200多个工厂推广应用这一新技术的需要而举办的，先后办了15期，培训了2000多名技术骨干。上海机械学院举办的电子技术短训班，协助丝绸、针织、纺机等三个行业采用电子技术，在培训过程中边学边干，实现了200多个技术革新项目。有的短训班根据农村医疗卫生事业发展的需要，培养赤脚医生和卫生员。由于这些短训班能够比较及时地满足工农兵学员对某个方面的迫切需要，因而被群众称为"及时班"。[①]

---

① 《向战斗在各个岗位上的工农兵普及革命理论和科学技术知识上海各大学普遍为工农兵举办短训班》，《人民日报》，1974年9月23日第1版。

四、科学春天里科普事业欣欣向荣（1976—1994）

粉碎"四人帮"后，党和国家采取了稳定局势的一系列措施，开展了对"四人帮"的揭批、清查运动。1977年初，邓小平同志恢复工作后，领导全面拨乱反正。国家的政治生活逐步走上正轨，经济得到恢复性发展。

以科教战线为突破口，全面拨乱反正

1. 科教战线的拨乱反正

1977年8月，邓小平同志主持召开科学和教育工作座谈会并发表讲话，邓小平同志在会上指出，新中国成立后的17年，教育战线同科研战线一样，主导方面是红线；我国的知识分子绝大多数是自觉自愿地为社会主义服务的，是劳动者，我们国家要赶上世界先进水平，必须从科学和教育着手，"不抓科学、教育，四个现代化就没有希望，就成为一句空话"。他的这次讲话,为科技、教育战线翻了案,为知识分子正了名。科教战线开始拨乱反正,并取得巨大成绩。

在科技方面,我国迎来"科学的春天"。1978年3月18日,全国科学大会在北京召开。邓小平作了重要讲话。他在讲话中深刻阐述了三个问题:第一,科学技术是生产力;第二,知识分子是工人阶级的一部分;第三,四个现代化的关键是科学技术的现代化。他向与会的科技工作者诚恳地表示:"我愿意当大家的后勤部长。"①邓小平同志指出:"要广泛开展群众性的科学实验活动,做到在技术上、生产上不断有新创造和新纪录。全国有几十万个企业、几十万个生产大队,只有每个企业和生产大队都来大搞技术改造,大搞科学实验,先进的科学技术才能广泛地在工农业中得到应用,才能多快好省地发展生产。要大力抓好专业科学研究机构的工作。专业的科学研究队伍,是科学工作的骨干力量。没有一支强大的高水平的专业科学研究队伍,就难以攀登现代科学技术的高峰,群众性的科学实验活动,也难以持久深入地一浪高过一浪地向前发展。我们一定要把专业队伍同群众队伍结合起来。"国务院副总理方毅作了《向科学进军》的报告,报告中就如何做好科普工作,从科普主体、方式和对象等方面提出了构

----

① 《邓小平文选》第2卷,人民出版社1994年版,第98页。

想。周培源以中国科协代主席的身份在全国科学大会上作了发言，就科协和学会工作提出四点意见，全面阐述了科协和学会在实现四个现代化中的任务和作用。其中，第三点为"积极开展科学普及工作，为提高全民族的科学文化水平作出贡献"，要求"科协和各专门学会要运用一切手段，密切结合工农业生产实际，积极开展科学普及工作"；第四点讲到要"推动广大青少年向科学进军"，要求"大力开展青少年的科学技术活动"，"积极为青少年学习科学技术知识创造良好的条件，提供方便……组织青少年进行力所能及的科学实验活动"。中国科学院院长郭沫若作了题为《科学的春天》的发言，号召科技工作者热烈地拥抱这个科学的春天。这次大会制定了《1978—1985年全国科学技术发展规划纲要（草案）》，确定了科技战线的工作任务，表彰了826个先进集体和1192名先进个人，奖励了7657项优秀成果。这次大会是在"文化大革命"结束不久、国家百废待兴的形势下召开的一次重要会议，是中国科学技术面向世界、面向未来的转折点。

在教育方面，恢复了高等学校招生考试制度，扭转了"文革"期间的严重混乱局面，实现了教育领域的拨乱反正。在科学和教育工作座谈会上，武汉大学一位副教授呼吁恢复通过入学考试从应届高中毕业生中直接招收学生的办法。邓小平当即表示：今年就要下决心恢复从高中毕业生中直接招考学生，恢复高等教育入学考试。根据邓小平的指示，1977年8月13日至9月25日，教育部召开了长达40多天的第二次全国高校招生工作会议，明确规定了高校招生的两条标准："第一是本人表现好，第二是择优录取。"①会议决定废除"文化大革命"中的"群众推荐，领导批准"的招生模式，按统一考试、择优录取的原则，将招生面扩大到1966年以来的中学毕业生和各行各业的青年，直接从应届高中毕业生中招收20%～30%的学生。10月5日，中共中央政治局讨论并通过了《关于一九七七年高等学校招生工作的意见》。10月12日，国务院转发了这一文件。规定高等学校的招生采取自愿报名、统一考试的办法。凡是符合条件的工人、农民、上山下乡和回乡知识青年、复员军人、干部和应届高中毕业生，均可自愿报名，并可根据自己的爱好和特长，选报几个学校和学科类别。还特别规定："对实践经验比较丰富或确有专长的，年龄可放宽到30岁，婚否不限。"

恢复高考的重大决策为中国改革开放和现代化建设培养了一批承前启后、继往开来的高素质人才。1977年冬，全国有570万考生参加高考，录取新生27.8万人；1978年夏，全国共有610万名考生参加高考，录取新生40.2万人。其中，大多数是政治立场坚定、有理想、有才华的知

----

① 《邓小平文选》第2卷，人民出版社1994年版，第69页。

识青年。这批人后来都是改革开放各个领域的骨干，成为社会的中坚力量。

2. 倡导实事求是的思想路线

在指导思想上，由于受到"两个凡是"的严重束缚，党和国家的工作从总体上说仍处在徘徊中前进的局面。因而，不推倒"两个凡是"的错误方针，不恢复正确的思想路线，就不可能进行全面的、卓有成效的拨乱反正，国家就不可能出现人们所期望的充满朝气与生机的新局面。邓小平等老一辈无产阶级革命家对实事求是优良传统的大力倡导，进一步引起人们对"两个凡是"观点的质疑。这就引发了1978年下半年的真理标准问题的大讨论。

1978年5月10日，在胡耀邦的支持和审定下，中央党校内部刊物《理论动态》第60期刊登了由南京大学教师胡福明起草和多位理论工作者反复修改而写成的《实践是检验真理的唯一标准》一文。5月11日《光明日报》以特约评论员的名义公开发表，新华社全文转发。随后，《人民日报》及全国绝大多数省、自治区、直辖市报纸也都陆续转载。这篇文章指出，检验真理的标准只能是社会实践。理论与实践的统一，是马克思主义的最根本的原则。任何理论都要不断接受检验。凡是科学的理论，都不会害怕实践的检验。这篇文章从理论上根本否定了"两个凡是"的错误方针，在全国人民中引起强烈反响。对《实践是检验真理的唯一标准》一文的观点，邓小平等给予了坚决有力的支持。邓小平的支持，有力地推动了真理标准问题讨论在全国的展开和深入。到1978年下半年，真理标准问题讨论逐渐进入高潮。在这次大讨论中，不仅党政军领导干部和广大理论工作者积极参与，自然科学界许多学者也通过座谈会或撰写文章，用自然科学史上大量事例和自身经验，说明科学原理是通过实践不断检验才最后确立起来的。据不完全统计，1978年下半年，报刊上发表专文650多篇，关于真理标准问题的讨论会，不包括中央单位，仅地方上就召开了70余次[①]。

真理标准问题的大讨论，形成了一场广泛而深刻的思想解放运动，冲破了"两个凡是"的禁区，打碎了个人崇拜的精神枷锁，使长期以来禁锢人们思想的僵化局面被冲破，极大地促进了人们的思想解放。这次大讨论为全面地实现拨乱反正，顺利地实现党和国家工作重点的转移，创造了重要条件，从而为实现伟大的历史性转折做了思想上的重要准备。

3. 农村改革先行探索

十一届三中全会后，在对国民经济进行调整的同时，

---

① 李正华、张金才主编：《中华人民共和国政治史（1949—2012）》，当代中国出版社2016年版，第155—156页。

改革开放在各个领域开展起来，其中起步最早的是农村。农村改革的突破口，是推行家庭联产承包为主的责任制、统分结合的双层经营体制。它有力地调动了广大农民的生产积极性，促进了农村经济的发展，并对城市改革和其他领域的改革产生了积极的影响。

1978年夏秋之际，安徽省遭到了百年一遇的特大旱灾，全省稻田严重减产或枯死绝收。12月的一个晚上，凤阳县梨园公社小岗生产队的20位农民，开了一个"绝密会议"，决定搞包干到户。他们一致表示：第一，我们分田到户，瞒上不瞒下，不许向任何人透露；第二，上缴粮食的时候，该交国家的交国家，该是集体的留集体，剩下的归自己；第三，万一走漏风声，队干部为此蹲班房，全队社员共同负责把他们的小孩抚养到18周岁。小岗人的举动，在周围地区引起了强烈的反响。1979年秋收以后，梨园公社的其他生产队也学着小岗的做法，搞起了包干到户。由于包产到户和包干到户把每个农民的切身利益同生产的成果紧密地结合起来，最大限度调动了农民的人力、财力，发挥了他们的生产积极性，所以增产效果特别突出。

1982年、1983年、1984年，中央连续三个一号文件，把包干到户和包产到户为主要形式的家庭联产承包责任制推行到了全国农村。从此，土地仍属集体所有，由农户承包、家庭经营，成为中国农村基本经济单元和主要经营形式。在新中国成立35周年国庆游行队伍中，农民抬着"中央一号文件好"的巨型标语牌通过天安门广场，成为对家庭联产承包责任制的形象的小结。[①]

4. 党的工作重心转移到社会主义经济建设上来

1978年12月18—22日，中国共产党召开了十一届三中全会。全会的中心议题是讨论把全党的工作重点转移到社会主义现代化建设上来。全会举起了改革开放的旗帜，开始了以改革开放为鲜明特征的新时期。全会回顾了新中国成立以来经济建设的经验教训，指出了国民经济发展中存在的问题和急于求成的错误倾向，对改革开放问题进行了深入的探讨，在经济管理、经济体制、利用外资、引进技术和设备等方面提出了一系列改革开放的思想、主张，吹响了改革开放的进军号，是中国共产党进行经济体制改革，实行对内搞活、对外开放的重要方针的开端。

全会重新确立了解放思想、实事求是的思想路线。坚决地批判了"两个凡是"的错误思想，高度评价了关于实践是检验真理的唯一标准问题的讨论，提出要完整准确地掌握毛泽东思想的科学体系，一切要从中国实际出发制定

[①] 当代中国研究所：《中华人民共和国史稿》第四卷，当代中国出版社2012年版，第136页。

党的路线、方针和政策。

十一届三中全会对于党和国家的发展，具有划时代的意义。从此，中国共产党掌握了拨乱反正的主动权，有步骤地解决了新中国成立以来的许多历史遗留问题和实际生活中出现的新问题，进行了繁重的建设和改革工作，使中国在经济上和政治上都表现出了一种很好的态势，走上了一条新的发展道路。

围绕四个现代化开展科普工作

1977年7月12日，著名科普作家高士其写信给党和国家领导人叶剑英，力陈科普工作的重要意义，并提出四点建议：（1）在即将召开的全国科学大会的报告中，写一段文字论述科普工作的重要意义，并号召开展科普工作；（2）表扬奖励一批科普工作的积极分子；（3）恢复和重建科普事业机构；（4）加强对科普工作的组织领导，总结交流经验。9月18日，中共中央发出了《关于召开全国科学大会的通知》（简称《通知》）。在党和国家领导人的重视下，《通知》中指出"科学技术协会和各种专门学会要积极开展工作"，"必须大力做好科普工作"。

1978年3月18日全国科学大会召开，"科学的春天"带来了"科普的春天"。全国科学大会审议通过了《1978—

1985年全国科学技术发展规划纲要（草案）》。同年10月，中共中央正式转发《1978—1985年全国科学技术发展规划纲要》（简称《八年规划纲要》）。《八年规划纲要》强调要求积极开展科学普及工作。专业科研机构要发挥骨干作用，有重点地同城乡群众性科学实验组织建立固定联系，支持和指导它们的科学种田或技术革新活动，帮助总结经验，传授科学知识，推广科研成果。研制和生产适合农村和中小学的科学实验需要的、价格便宜的成套仪器和各种试剂。利用讲演、广播、电视、电影、展览、书刊等各种手段，加强城乡科学技术知识的普及工作。在有条件的大城市设立科技馆、自然博物馆。积极开展科协和专门学会的活动。要求普遍恢复和建立各级科协和各种专门学会。要求经常组织学术交流活动，举办学术讨论会、专题学习班、报告会、讲座等活动。要求组织科技人员到工厂、农村、部队进行参观、考察、学习，发动科技人员对社会主义建设提出各种建议。要求各学会积极组织编辑出版学术刊物，开展科学普及活动。

随后，1980年3月召开的中国科协第二次全国代表大会明确了今后科普工作的发展方针和基本任务，即："科学技术普及工作，应当围绕四化建设这个中心任务，面向生产，面向群众，面向基层。普及的内容要从生产建设的需要出发，从群众的工作、生活、学习的实际出发，因地因人制宜，既要注意普及自然科学基础知识，也要注意有针对性地普及先进的工农业生产技术和科学管理的知识，以及有关计划生育、保障人民健康和破除迷信等方面的知识。"大会从理论上明确和肯定了我国科普要从四化建设的实际工作需要出发，为发展振兴经济服务，从而为以后一个时期我国的科普工作奠定了发展方向。在中国科协第三次全国代表大会上，围绕四个现代化开展科普的工作方针进一步深化，科普事业的发展迎来新生。

1992年3月，国务院颁布《国家中长期科学技术发展纲领》（简称《纲领》），提出"科学技术是第一生产力，是推动经济和社会发展的伟大革命力量"。《纲领》对今后10～30年科学技术的发展做出总体安排时，指出科普工作要"坚持提高与普及相结合方针，在做出科学技术发展纵深部署的同时，大力开展群众性技术革新活动，努力普及科学知识，不断提高劳动者的科学素质，同愚昧、迷信做长期的斗争"。

为了促进科学技术的进步，根据当时宪法，全国人大常委会于1993年7月颁布了《中华人民共和国科学技术进步法》（简称《科技进步法》）。《科技进步法》指出"国家普及科学技术知识，提高全体公民的科学文化水平"，科学技术社会团体应当推进学科建设、普及科学技术。《科技进步法》把"提高全民科学文化水平"列为科普的重要目标。《科技进步法》加强了科技法制建设，把推进科技进步的方针政策用法律形式固定下来，使科技工作纳入法制轨道。

科普组织机构恢复和不断健全

1. 中国科协正式恢复

1978年4月，国务院批准了国家科委《关于全国科协当前工作和机构编制的请示报告》，全国科协书记处和机关正式恢复。1979年2月，财政部同意中国科协事业经费、外事费单独立户。同年5月，国家计委同意中国科协基建、物资、外汇等单立计划户头。此后，各省、自治区、直辖市科协和所属学会也相继得到恢复。中国科学技术社会团体的历史也掀开了新的一页，为科普工作的开展提供了有力的组织保障。

中国科协第二次全国代表大会于1980年3月召开，是继全国科学大会后中国科技界的又一次盛会。邓小平、胡耀邦等党和国家领导人接见了大会全体代表。胡耀邦代表中共中央在大会上作了重要讲话，提出发展中国科学事业的三大战略措施：一是"要坚决地建立一支能够真正坚持社会主义道路、具有专业知识和能力的干部队伍"；二是"大规模地培养我国科学技术的生力军和后备队"；三是"全党都要充分支持科学家和科学工作者大展宏图"。
周培源在大会报告中指出："青少年是我们的未来，开展
青少年科技活动对中国科技事业的发展具有深远意义。各
级科协要积极协同有关部门开展各种形式的青少年科技活
动，为选拔培养科技后备力量广开门路。各学会、研究会
和科普团体应加强对青少年科技活动的指导。"大会明确
了"科协是科学家和科技工作者的群众团体。在向四个现
代化进军的征途中，科协尤其具有重要地位"，指出科协
应该在"提高全民族的科学文化水平"和"开发人类智力
资源"的事业中发挥作用。

同年8月，中国科协召开二届二次常委会，决定成立
科普工作委员会，并相继批准接纳了5个全国性的科普团
体，即：中国科学技术普及创作协会（1979年8月）、中
国科技报研究会（1980年3月）、中国自然科学博物馆协
会（1980年12月）、中国青少年科技辅导员协会（1981年
6月）、中国科教电影电视协会（1986年7月）。中国科协
把各方面的专家分别组织起来，开展各项专业科普活动。
同时，全国学会也把科普作为一项重要任务来抓，截至
1990年底，在157个全国学会中，有100多个成立了科普工
作委员会，有的还设立了专职科普部。全国学会组织该学
科或专业的科普工作者，形成了一支宏大的科普队伍。

1986年6月，中国科协召开第三次全国代表大会，科

普工作围绕四化建设这一方针得到了进一步的肯定和发展："在今后五年这一关键时期，广大科技工作者和中国科协的中心任务就是：团结奋斗，为实现'七五'计划贡献才智。""大力推动科学技术普及和技术服务工作，为振兴地方经济服务。"①

2. 中国科普创作协会成立

乘着全国科学大会的东风，1978年5月23日—6月5日，全国科普创作座谈会在上海召开。300多名科普作者、译者、编者，科普美术工作者，科教电影工作者和科普组织工作者参加了此次会议，就如何繁荣科普创作进行了深入探讨，并发起成立了中国科普创作协会筹委会。全国人大常委会副委员长、著名科普作家周建人给座谈会发来了贺信。中国科协副主席茅以升致开幕词，副主席刘述周作了题为《繁荣科普创作，为提高整个中华民族的科学文化水平作出贡献》的报告。中国科协顾问高士其，中国科学院副院长华罗庚，国家科委副主任于光远，教育部副部长董纯才，国家出版局副局长王子野，以及著名科普作家、翻译家、编辑家、出版家温济泽、贾祖璋、赵学田、张金哲、史超礼、符其旬、常紫钟、郑公盾等专程赴上海

① 邓楠主编：《发展与责任——中国科协50年》，中国科学技术出版社2009年版，第101页。

参加会议，并讲话、发言。上海市领导同志杨士法，著名科学家苏步青、谈家桢、李国豪、卢于道、李珩等出席了开幕式和闭幕式。著名漫画家张乐平和电影家洪林参加了会议。方宗熙、顾均正、叶至善等知名人士写下了书面发言。他们满怀激情地畅谈了自己多年来从事科普创作的感受和体会；同时，以极大的义愤揭批了"四人帮"破坏科普创作，迫害科普作者的罪行。会议对今后如何繁荣科普创作进行了深入的讨论，并由著名科普作家和翻译家董纯才作了总结。上海和中央的一些大报及电台、电视台作了多次报道，并发表了评论文章。与会全体代表发起成立了中国科普创作协会筹委会。高士其任顾问，董纯才、王文达、顾均正为召集人，王麦林、叶至善、郑公盾、姚允祥、洪林、章道义、常紫钟、温济泽、谢础为常务委员，王麦林、章道义兼任正副秘书长。筹委会成立后，一面发展会员和推动建立地方组织，一面积极开展创作与学术活动。到1979年7月，全国已有24个省、自治区、直辖市成立了科普创作协会或筹委会，共计发展会员4000多人，其中既有成就卓著的科学家、教育家和工程技术专家，也有在科研、教学、临床或生产岗位有所建树并擅长科普创作的中青年科技工作者，还有对科普宣传出版工作做出贡献的科普编辑、科学记者、科普美术工作者和科教影视编导以及热心科普工作的领导干部等。他们之中既有20世纪二三十年代就开始从事科普创作、翻译的老一代的科普作家，也有刚刚挥笔上阵的后起之秀。

1979年8月，中国科普创作协会第一次代表大会在北京召开，标志着中国科普创作协会正式成立（1991年更名为中国科普作家协会）。党和国家领导人胡耀邦、邓颖超、姬鹏飞、陆定一在人民大会堂接见了全体代表，中共中央秘书长胡耀邦向全体代表作了重要讲话。他说："实现四个现代化，科学技术现代化是关键。因此，同志们的岗位是重要的。去年，几十位科学家倡导成立了中国科普作协筹委会。一年之间，发展了4000多名会员，虽是星星之火，十年总可以燎原吧！科普作协这个组织是很有意义的，具有强大的生命力，现在已经做出了可喜的成绩，还可以做出更大的贡献。"他勉励大家说："现在是一个大有希望、大有作为的时代。我们的科学文化要繁荣昌盛，这是我们中华民族整个历史时代的要求，是谁也阻挡不了的。希望同志们顺应历史和人民的要求，克服困难，为党为人民做出应有的贡献！"[1]

此后，科普创作出现了"星火燎原"之势，各级科协、学会和广大科技工作者积极开展科普创作，浙江、山西、甘肃等省举办的"普及科学知识、破除封建迷信"展

---

[1] 《中国科普作家协会35年历程回顾》，中国科普作家协会内部资料，2016年。

览收到良好社会效果。据粗略统计，从1979年至1988年，全国出版了2万多种科普图书。①

在中国科学技术普及创作协会之后，1980年，中国自然科学博物馆协会成立。1981年6月12日，由中国科协、教育部、国家体委、共青团中央、全国妇联共同发起召开了中国青少年科技辅导员协会成立大会。1986年7月，中国科教电影电视协会成立。

3. 中国科普研究所成立

1980年1月8日，为加强科普创作队伍的建设，高士其同志向邓小平同志写了一封信，就如何发展我国的科普事业，提高我国的科普创作水平，以及培养、造就一支可享誉世界的科普理论与创作队伍提出建议。1月18日，小平同志作了批示："请方毅同志考虑。"1月23日，方毅同志作了批示："高士其同志热心科普工作，并写了很多好的科普作品。这件事很重要，但机构要精，行政人员要少，主要是科学家。请裴丽生同志研处。"批件下达中国科协之后，裴丽生、刘述周等同志于4月19日以中国科协的名义向国务院写了《关于建立中国科普创作研究所》的请示报告。5月19日，国家编制委员会下达了《关于建立

---

① 章道义：《中国科普：一个世纪的简要回顾》，《科技日报》，2001年7月20日第12版。

中国科普创作研究所及其编制的通知》：经国务院批准，同意建立中国科普创作研究所，与中国科普创作协会合署办公。紧接着，由黄汉炎、王麦林、梅光组成了中国科普创作研究所筹备领导小组，具体筹划建所的诸项事宜。9月24日，中国科协下达了《关于建立中国科普创作研究所的通知》，任命梅光为党委书记，高士其为名誉所长，章道义为所长。主要职责为科普理论研究、科普工作研究、科普作品研究、中外科普比较研究。1987年3月27日，中国科协下发了《关于调整〈科普创作研究所机构〉的通知》，经党组决定原中国科普创作研究所更名为中国科普研究所，下设科普工作研究室、外国科普研究室、科普作品和智力开发研究室、办公室等。

中国科普研究所的成立标志着我国科普研究工作从此进入了有正规建制的新阶段。作为中央级公益类科研院所，中国科普研究所是我国目前唯一中央级从事科技传播和科普理论研究的机构。中国科普研究所成立后，在科普创作、科普理论、反伪破迷、公众科学素质调查等方面开展了大量的研究工作，取得了比较丰硕的成果，形成了自己的特色与优势，产生了广泛的学术影响。

在科普创作方面，系统深入地总结了我国科普创作的实践经验，1982年4月，中国科普研究所在北戴河召开了科普创作研究计划会议，会上决定编选一套"科普佳作选丛书"，于1993年先后完成，丛书共计10本，分别为《少年科普佳作选》《儿童科普佳作选》《幼儿科普佳作选》《科技新闻佳作选》《科教电影佳作选》《广播科普佳作选》《农业科普佳作选》《工交科普佳作选》《医药卫生科普佳作选》《国防科普佳作选》。

1983年、1987年，中国科普研究所先后主编出版了《科普创作概论》和《科普编辑概论》。《科普创作概论》被新闻出版署评选为10种优秀编辑学理论著作之一。张爱萍、胡愈之分别为两书题写书名，茅以升、高士其、叶至善分别为两书题词作序。策划出版了《高士其科普创作选集》《茅以升科普创作选集》《董纯才科普创作选集》《竺可桢科普创作选集》《顾均正科普创作选集》《茅以升科普文集》《董纯才科普文稿》，以及"科普人生丛书"等。

在科普理论研究方面，1982年，中国科普研究所召开"外国科普引进工作"会议，外国科普研究成为中国科普研究所的重要研究方向之一，其后设立多个项目对美国、英国、日本、俄国（苏联）的科普状况进行研究；针对科普的内涵及外延、科普的构成要素、科普的功能和机制、科普及社会的关系、科普史等问题出版了一系列的专著、译著和研究报告，例如《科技传播学导论》《国外科技传播综述》等。优秀的译著包括《科学与怪异》《魔鬼突破的世界》《理解科普》等。

在反伪破迷方面，1983年和1988年，该所在全国范围内进行了两次封建迷信活动调查。1985年在调查的基础上，协助北京科教电影制片厂拍摄了一部破除迷信的科普片《巫师的骗术》。这部影片成为我国20世纪80年代发行量最大的科教片，在全国农村广泛放映，并在中央电视台多次播出，曾获得1985年"优秀科教片政府奖"。1989年，组织翻译了由数名著名国外科学家合著的《科学与怪异》，对种种奇谈怪论进行了有力批驳。1992年，主编《破除迷信100问》，该书以科学道理解释了世界上既没有神也没有鬼的事实，对各种装神弄鬼的骗局给予揭穿，为提高读者辨别科学与伪科学、迷信与自然现象的能力提供了基本解答。中国科普研究所协助召开"捍卫科学尊严、破除愚昧迷信、反对伪科学"论坛，编撰《透视现代迷信》，主编《揭开伪科学的面纱》《玄机揭秘》《百年科学的误区》、"德先生茶馆丛书""反伪三剑客传奇丛书"等。

在公民科学素质调查研究方面，自1992年以来，中国科协及中国科普研究所开展的历次中国公民科学素质调查的结果，均形成研究报告，并收录进《中国科学技术指标》（黄皮书）中。2001年、2003年科学普及出版社公开出版了《2001年中国公众科学素养调查报告》《2003年中国公众科学素养调查报告》。2010年，中国科普研究所编著了《中国公民科学素质报告（第一辑）》。[①]

4. 农村专业技术研究会蓬勃发展

20世纪80年代初，在农村经济体制改革的推动下，随着农村商品经济的发展，各地农民先后创建了一种新型科技群众组织——农村专业技术研究会。在科技人员指导下，专业户、能工巧匠、知识青年自愿结合起来开展科技活动，其目的是解决他们所从事生产经营中的技术问题。20世纪80年代末，各种村一级、乡一级、县一级的专业技术研究会已有10万多个，会员300万人[②]，被称为传播、普及科学技术的"二传手"，在科技专家与农民大众之间架起了一座桥梁。

农村专业技术研究会的出现，很快引起了中国科协的关注和重视。1984年3月，中国科协召开农村科普协会（科协）工作经验交流会时，着重交流了天津宝坻县的葱蒜研究会、四川大邑县的养鸡研究会、浙江义乌县的养蜂协会、河南巩县的大白菜研究会等农村专业技术协会的经验，充分肯定"它们是农村群众自己办科学，使群众科

---

① 《春华秋实30载——中国科普研究所建所30周年纪念》，内部资料，2010年。

② 章道义：《中国科普：一个世纪的简要回顾》，《科技日报》，2001年7月6日第12版。

普工作面向生产，促进商品经济发展的很好的组织形式。它一不要国家编制，二不要国家提供实验活动场地，是相同专业的农村科技人员和群众科技骨干自愿结合起来，以智力开发智力，以智力开发财力的组织"。这次会后，农村中各种专业科技群众组织发展更加广泛。随着农村经济结构和产业结构的变革，专业技术研究会从过去相对集中于种植业和畜禽业，迅速扩展到了水产养殖业、副业、林业、加工业和其他行业。

1986年10月，中国科协党组向中共中央书记处提交了《一个具有中国特色的技术经济合作组织正在农村兴起》的专题报告。这个报告于1987年初由国务院办公厅作为参阅文件加按语后发到全国。按语说："农村经济体制改革的深入，商品经济的发展，带动了农村科技的进步。农村专业技术研究会的出现，成为一种新型的、具有中国特色的、专业化的技术服务组织。它在推动农村商品生产、传播、推广技术，开展科普工作等方面发挥了重要作用，取得了可喜成效，应当加以鼓励和扶持。"这一文件发出后，得到各地党委政府的重视，进一步推动了农村专业技术研究会的发展。

为适应农村专业技术协会发展提高的需要，利于对全国农村专业技术研究会的健康发展进行指导，1989年4月，中国科协会同农业部、商业部、林业部、国家科委、共青团中央、全国妇联等部门联合组建了全国农村专业技术协会（研究会）联合会筹委会，由农业部原部长、中国科协副主席何康任主任委员。

1989年11月，国务院印发《关于依靠科技进步振兴农业，加强农业科技成果推广工作的决定》，将专业技术研究会明确纳入了全国农业技术推广的社会化服务体系。这些专业组织把各方面的专家分别组织起来，开展各项专业科普活动。到1990年，全国农村专业技术研究会发展到10万个，涉及种、养、加工等140多个专业和门类，会员队伍扩大到300万人。另外，5万多个乡镇设立了科普协会。

1995年4月，中国农村专业技术协会完成社会团体登记，同年11月8日，召开成立大会暨第一次会员代表大会，何康任理事长。至此，农村专业技术协会有了全国性的组织，为更好地服务"三农"提供了有力的组织保障。

5. 少数民族地区科普工作队创建

20世纪80年代初，针对少数民族地区经济文化不发达、地广人稀、交通不便等特点，在财政部的大力支持下，中国科协为西北、西南等少数民族地区科协采取陆续配备科普车、编发部分科普展览资料、支持建立少数民族科普工作队等措施，帮助它们充实工作条件，积极开展科普宣传活动。

在1982—1990年期间相继召开的9次全国农村科普工作会议上，都把加强少数民族地区科普工作作为会议的重要议题进行研究。与此同时，中国科协还积极加强与国家民委等有关部门的合作，通过联合发文，特别是联合召开工作会议，有力地加强了协作，共同推动少数民族地区的科普工作。

1982年，中国科协在二届二次全委会议上，提出了建立少数民族地区科普工作队的建议。在财政部和各地政府的重视和支持下，自1983年起至1987年，中国科协拨出专款，分批支持了宁夏、云南、内蒙古、新疆、青海、四川、广西、贵州等8个省、自治区科协先后建立起常设的少数民族科普工作队。这些工作队，不定期地聘请科技人员，带着科普图书、资料和电影、录像带等器材，深入山区、牧场，就地进行指导和服务，结合放映电影、录像和举办广播讲座、小型展览等各种生动的科普宣传活动，把科学技术送到少数民族广大群众手中。如云南省少数民族地区科普工作队趁傣族"赶摆"和景颇族过"目瑙纵歌节"等机会，到德宏傣族景颇族自治州和红河哈尼族彝族自治州开展科普宣传，科普车开到哪里，各族群众就载歌载舞地拥到哪里。宁夏回族自治区科协除了成立区科普总队外，还在全区21个地、市、县成立了科普分队，被群众誉为"财神车""送宝车"。青海省少数民族地区科普工作队在建队后的5年多时间里，走草原、串帐篷，巡回行程14万公里，跑遍了全省的6个民族自治州和7个民族自治县，深受欢迎。接受科普宣传教育的少数民族群众达50余万人次。

1983年中国科协与国家民委、劳动人事部共同召开对在民族地区做出贡献的科技工作者的表彰会，1985年和1989年中国科协与国家民委共同召开两次全国少数民族地区科普工作座谈会，对全国少数民族地区科普工作的全面发展起到重要的指导和推动作用。

被誉为"科普轻骑兵"的少数民族科普工作队，以大众喜闻乐见的形式，让科普知识、科学精神通过现代化的手段，通过潜移默化的宣传，由浅入深，激发公众兴趣，从而占领老百姓生产、生活各个领域。少数民族科普工作队常年持续开展科普活动，在少数民族地区和边远山区产生了很大的影响，科技传播和示范带动效果显著。一方面，解决了少数民族地区科技场馆等科普设施短缺的困难，增加了各族群众获得知识和信息的机会，有效促进了西部地区群众科学文化素质的提高；另一方面，丰富了科普工作的形式和内容，创新了科普工作的模式，增强了科普工作的效果和影响力。

科普基础设施快速发展

1. 科技馆事业开启新征程

中国科学技术馆早在1958年就开始筹建，时称"中央科学馆"。经周恩来总理和聂荣臻副总理批准，科学馆的建设列入了新中国成立十周年首都十大工程之一。后因资金、材料等的紧缺，为了给人民大会堂等工程让路，中央决定科学馆工程停建下马。在1978年召开的全国科学大会上，包括茅以升和钱学森在内的一批老科学家再次向中央提出建设中国科学技术馆的倡议。

1979年2月21日，在邓小平和方毅等领导同志的直接关怀和支持下，国家计委批准了兴建中国科学技术馆，并成立了以茅以升为主任的中国科学技术馆筹建委员会负责筹建工作。1981年，茅以升等著名科学家在全国人大五届一次会议上提出加速实施中国科学技术馆建设的提案。1984年11月21日，中国科学技术馆一期工程在北京破土动工，邓小平欣然题字"中国科学技术馆奠基"。1988年9月22日，中国科学技术馆举行了隆重的开馆典礼，成为全国首个采用现代科学中心理念的新型社会科普教育阵地。中国科学技术馆一期工程向社会开放后，坚持科学中心的教育思想，以一期展厅中"现代科学技术基础知识"

和"中国古代传统技术"两个常设展区为依托，开展大量的临时展览、科普报告、科技培训、动手园地等其他科普教育活动，为向全社会弘扬科学精神、传播科学思想、倡导科学方法、普及科学知识，推进公众理解科学发挥了积极作用，在科普工作领域取得了令人瞩目的成就。中国科学技术馆的传统对外交流项目"中国古代传统技术展览"还先后赴欧洲的瑞士、英国、德国、比利时和意大利巡展，接待观众逾百万人次。

中国科技馆开始筹建之后，各类专业科普场馆陆续筹建或建立。中国航空博物馆自1986年10月开始筹建，1989年11月11日正式对外开放。收藏航空图书资料、飞机、地空导弹、雷达、航空炸弹、航空照相机、飞行服装、航空伞具、航空轮胎等。中国航空博物馆展出的飞机是中国航空工业及人民空军发展的历史见证。每一架都具有重要的历史文物价值。中国航空博物馆还经常举办大型展览和活动，激发了人们的航空热情，丰富了人们的航空知识。面向青少年是航空博物馆的一个重要宗旨，该馆经常举办夏令营和冬令营，让他们既能接受到军事训练，又能学习到航空科普知识。

改革开放前，地方科技馆为数甚少，省级仅有广东科学馆和山东科技馆两处，地县一级就只有一些简易的展览室。1980年，国务院副总理姚依林批示，支持在各地逐年筹建科技博物馆。尔后，国家计委每年拨给中国科协数百万元专款，用作推动各地筹建科技馆的资金。在国家计委及地方党委、政府的大力支持下，全国陆续建成一批科技馆，对促进科普活动的开展发挥了重要作用。如1982年建成的内蒙古科技馆，1983年建成的广西科技馆，1984年利用旧建筑改建的蚌埠科技馆等。到1990年，各地已建成的科技馆中，有省级和计划单列城市的36座，地级市的82座，县级的64座。

科普场馆为公众尤其是青少年举办科学讲座和讨论会，开展力所能及的科学实验活动、参观活动、考察活动和竞赛活动等开辟了阵地，使我国公众参与科技活动得到了前所未有的广泛深入的发展。

2. 科普宣传车的创建

1981年，为改善农村开展科普活动的条件，在国家计委和财政部等政府有关部门的大力支持下，中国科协将30辆面包车改装成配备有电影、广播、展览等科普手段，专门运送科技人员携带科普资料下乡开展科普工作的科普车，于1982年发到部分地方试用。这一尝试引起各级科协的强烈反响，得到各方面的充分肯定。自1983年起，这项工作扩大到年平均300辆的规模，1987年一度增至638辆。据1990年初统计，全国已有1962个县级科协配备了科普车，占县级单位总数的69.4%。其中，有科普车的县市科协为1751个，占全国县市总数的79.8%。北京、上海、辽宁、湖北、河北、江苏、山东、浙江、宁夏等省、自治区、直辖市都全部配齐科普车。

从1982年至1990年的9年中，日益增多的科普车奔驰在全国广大农村，为加强农村科普工作做出了显著成绩，特别是在"老、少、边、穷"地区，产生的效果尤为显著。广大农牧民群众称颂科普车是"送宝车""致富车""和千家万户心连心的科普车"。山东省在1986年时还只配备了80辆科普车（占应配备总数的63%），但当年就已在全省2000多个乡镇4万多个村庄放映电影6万多场，观众达3200万人次；举办科普展览和科普赶集2万余次；为2000余万听众播放了4万余次科普讲演录音；发放科普资料达3000万份（册），产生了广泛的影响。多年来的实践表明，一辆科普车就是一个流动的科技宣传推广队和培训站，也是一个科技咨询服务部。正是"车跑一条线，作用影响一大片"。①

---

① 《中国科学技术协会》，当代中国出版社1994年版，第371—372页。

蓬勃发展的科普活动

1. 农村科普稳步发展

党的十一届三中全会后，农村实行以家庭联产承包为主要形式的生产责任制后，激发了亿万农民的生产积极性，广大农村出现了学科学、用科学的热潮。这一形势带来了农村对科学技术空前广泛、巨大而急切的需求，顺应这一需求，多种形式的农村科普活动稳步发展。

科技扶贫 科技扶贫主要是指从以往的单纯"输血"（发放救济，给钱给物）改为"输血"与"造血"结合，着力提高"造血"（传授技术，提供技术服务，帮助发展生产）机能的一种做法。组织农村科技人员开展"农业技术承包"，推动成立农村专业技术协会，组织开展技术培训等送科技服务活动，把科学技术送到广大农民手里。

1983年1月，中国科协召开了农村科普工作座谈会，总结了各级科协在农村开展科普工作的经验。1983年3月，中共中央办公厅、国务院办公厅转发了《中国科学技术协会党组关于农村科普工作座谈会的报告》。报告对今后如何加强改革中的农村群众性科普工作，提出了五点意见：一是"要充分发挥群众组织在农村科普工作中的作用"；二是"大力发展和巩固乡镇科技普及协会"；三

是"切实加强县科协的工作"；四是"努力改善农村科普
工作的条件"；五是"要不断了解新情况，总结新经验，
解决新问题"。报告号召全国广大科普工作者，"思想更
解放一点，改革更大胆一点，工作更扎实一点，不断了解
新情况，总结新经验，闯出新路子，开创农村科普群众
化、社会化的新局面，为更好地建设具有高度物质文明和
高度精神文明的社会主义新农村做出贡献"。由于农村科
普政策的引导和激发，农民真正认识到农业发展必须"一
靠政策，二靠投入，三靠科技"，农村科普工作呈现出稳
步、健康发展的态势。

1984年4月，中国科协召开农村科普协会（科协）工
作经验交流会。1985年8月，民政部和中国科协联合向全
国各省、自治区、直辖市民政厅（局）和科协发出《关于
开展科技扶贫工作的通知》，进一步将农村科普与民政工
作有机结合起来。1986年，中国科协进一步和民政部、国
家民委联合在全国15个省、自治区、直辖市选定了北京密
云、河北丰宁等15个贫困县，开展科技扶贫试点工作。同
年12月又联合在杭州市召开了全国科技扶贫试点县工作座
谈会，推动试点工作进一步向纵深发展。抓点带动了面，
当年全国各级科协积极配合民政、民委等部门扶持了200
万贫困户，使91万户基本脱贫。在15个扶贫试点县，共扶
持10万户，使4万户摆脱了贫困。

1989年，民政部、国家民委和中国科协在总结1986年建立的15个县（市）科技扶贫试点工作的基础上，发出《关于进一步开展科技扶贫工作的意见》。文件指出：两年来的实践证明，科技扶贫的路子对，效益好，是一条行之有效的脱贫途径，将试点经验向面上推广的条件已经成熟。文件确定在全国25个省、自治区、直辖市建立105个科技扶贫示范县。除了做好科技扶贫示范县的工作，各级科协都结合本地实际，广泛开展科技扶贫工作。据不完全统计，仅1986—1991年的6年时间里，各级科协在有关部门的支持和协作下，共对1015万困难户开展了科技扶贫工作，并使其中531万困难户脱了贫。

中国科协及一些地方科协还联合办起了农村致富技术函授大学。经过短期培训的青年农民数以亿计，其中达到农民技术员水平的，到20世纪80年代末，已有180万人。许多地方的农民通过技术培训，掌握了一两手致富技术，已经摆脱贫困，有的已经富裕起来。

开展技术培训活动　按照中央把全党工作中心从"以阶级斗争为纲"转移到社会主义现代化建设上来的战略决策，中国科协于1981年通过农村科技人员开展"农业技术承包"。"农业技术承包"主要是指组织农村科技人员与农民签订包教、包会、包增产，实行有奖有赔的"科学种田合同"，帮助农民增产致富。在各级党委、政府支持下，四川、广东、广西、安徽、山西、河南等20多个省、自治区率先开展了"农业技术承包"。

1981年12月28日—1982年1月5日，中国科协召开了农业技术承包经营交流会。中国科协党组书记裴丽生作了题为《大力开展群众化、社会化科普活动，把科学技术及时送到八亿农民手里》的报告。报告中突出强调了技术承包是向农村输送科学技术的一种新的重要方式，有很强的生命力，各级科协要积极主动地把它抓起来。中共中央政治局委员、国务院副总理万里代表中共中央和国务院在中南海接见了全体代表，并作了重要讲话。他赞成和支持总结农业技术承包的经验，希望不断完善和推广。这次会后，技术承包的规模、范围乃至形式都有了新的发展。1983年后，随着农村商品经济的发展，各地的技术承包活动逐步汇入后来兴起的技术培训、服务活动之中。

另外，中国科协、中国农学会、农牧渔业部及中央人民广播电台于1980年12月联合创建了中央农业广播学校，开课一年学员达40万人。1985年中国科协又创办了一所面向全国农村传授先进实用技术，培养农村技术人才的学校——农村致富技术函授大学，至1991年，毕业学员41.5万人次，被农民亲切地称为"办到家里的致富学校"。[①]

---

① 邓楠主编：《发展与责任——中国科协50年》，中国科学技术出版社2009年版，第128—130页。

随着农村科协组织的恢复与发展，到1982年底，各种技术培训活动发展到一定规模，一个公社科普协会全年培训人数能达到数以千计，各省则多达数以十万、几十万计的规模。在培训活动开展较早的安徽省，1984年各级科协即举办了3万余期技术培训班，培训农民和农村干部280余万人次。创办一年制以上的科技学校600多所，学员达7万多人，1983—1984年，系统培训初级农民技术人员13万多人。1984年冬，河北省科协联合共青团河北省委、省妇联本着"实用、实际、实效"的原则，对全省600万在乡中学生进行一次多层次、多门类的技术培训。全省各级科协为培训动员了三四万名科技人员下乡讲课，开展技术服务，组织5万多名"土专家"、能工巧匠登台传艺，举办8.3万期培训班，使510多万在乡知识青年每人初步学到了一两项实用的农业或多种经营新技术，其中三分之一以上的人找到了自己发展生产的门路，不少人成了专业户，有的还成了技术能手。

1986年5月，中国科协和共青团中央、全国妇联在河北保定联合召开了全国农村青年实用技术培训工作经验交流会。会议制定了《"七五"期间农村青年实用技术培训规划要点》（简称《要点》），并于会后由中国科协、国家教委、农牧渔业部、共青团中央和全国妇联5部门联合下发。《要点》拟定"七五"期间培训工作的总任务是：

通过短期培训，使一亿在乡知识青年掌握一两项致富实用技术；通过比较系统的专业技术教育和技术培训，使其中5%的人达到相当于农民技术员的水平。《要点》的制定和实行，把农村技术培训工作推向一个新的阶段。1987年后，农村技术培训活动不断发展。在培训对象上，除继续大规模开展对在乡知识青年的培训外，河北等省相继开展了对复员军人的培训。在培训内容上，四川、山东、辽宁等省相继突出了适合各省省情、具有本省特点的"立体农业""庭院经济"等技术普及。在培训方式上，除继续开展"一事一训"外，结合农函大分校及其辅导站的建立，许多地方发展了"短班""长班"、科普学校、农函大相结合的多层次、多结构的培训，使培训工作逐步从学一两项致富实用技术向系统学习一门专业过渡。

国家"七五"期间，各级科协会同有关部门在农村开展的各种培训活动，共培训了1.5亿人次。这项活动对提高广大农民技术骨干的科技文化素质，促进农村产业结构的调整和商品经济的发展，培养造就一代新型农民，以及加速农村社会主义精神文明建设，都做出了重要贡献。

农民技术职称评定 1981年10月，四川省各级科协按照四川省委的指示，在各级党委政府的领导下，会同有关部门，陆续开展了农村乡土人才的普查工作。据当时136个县（市、区）的统计，共普查出农村乡土人才195万多人，占当地农业人口的2%强。这些人才分处于13个行业中，包括146个工种数百个专业。为调动这些农村技术人才的积极性，发挥他们在农村中传播科学知识、传授技艺、推广先进技术，带领农民科技致富的作用，先后有成都、大邑等15个市（县）在普查的基础上，创造性地制定了《农民技术人员技术职称试行条例》，进行了农民技术人员的技术职称评定工作，对5000多名经考核评定的农村技术人才，由市、县人民政府授予了技术职称，并颁发了证书。这一工作大大激发了这些地区的农村技术人才建设新农村的干劲。获得职称的农民技术人员很快都成为当地科协所属公社（乡）科普协会、专业技术协会的骨干，许多人主动举办培训班，积极传授技艺，有的被聘到外地开展专业技术咨询和承包，在实现现代科技与传统技艺的结合上发挥了重要作用。

借鉴四川省的有益经验，为进一步促进农村各类技术人才的成长，逐步建立起宏大的农民技术队伍，以适应农村经济向专业化、商品化、现代化转变的迫切需要，中国科协、农牧渔业部、林业部和水利电力部于1987年共同制定颁发了《农民技术人员职称评定和晋升试行通则》（以下简称《试行通则》），要求各地在当地政府的领导下，根据本地区的实际情况制定实施细则，做好这一工作。这个《试行通则》明确规定"凡在农村从事农、林、牧、副、渔、乡镇企业、机械、水利、水土、保持、农电、财会及经营管理等方面工作的农民技术人员和职业中学毕业生及各种能工巧匠，均可报名参加考核"，明确规定农民技术人员的技术职称定为"农民助理技术员、农民技术员、农民助理技师、农民技师"。对各级职称评定或晋升的标准，农民技术人员职称评定晋升工作的原则、组织领导、考核评定办法，以及获得技术职称的农民技术人员的权利、义务等，都做了明确统一规定。这一《试行通则》的制定颁发，使农民技术人员职称评定和晋升工作在全国范围内走上了每两年评定一次的规范化的道路。

从1987年底至1990年底，全国29个省、自治区、直辖市基本结束了第一批农民技术人员职称评定和晋升工作，共评定出农民技术人员128.4万多人（其中：农民助理技术员37万多人，农民技术员66万多人，农民助理技师20.2万人，农民技师5.2万人，农民高级技师400人），为农村初步建立了一支"养得起、留得住"的农民技术人员队伍。[①]

2. 城市科普日益发展

厂矿企业科普　厂矿科协（现称企业科协）是企业

---

① 邓楠主编：《发展与责任——中国科协50年》，中国科学技术出版社2009年版，第131—133页。

中开展科学技术普及工作的重要组织。早在20世纪50年代，就有一些厂矿企业建立了科普协会。党的十一届三中全会后，经过拨乱反正，被禁锢10年之久的厂矿科协得以复苏。特别是一些工业基础较强的省、直辖市，如辽宁、天津等地厂矿科协发展迅速。1981年5月，中国科协在天津召开全国厂矿科协工作座谈会时，各地已恢复和新建厂矿科协742个。会议通过200多位代表的5天讨论，对厂矿科协的性质、任务、方针、会员条件和组织机构等问题统一了认识，推动了厂矿科协的进一步发展。

到1984年6月底，中国科协召开部分省、市科协工作座谈会时，厂矿科协已发展到1700多个，并在以下三方面做出了突出成绩：（1）协助企业落实知识分子政策，维护科技人员的合法权益，并从多方面关心、爱护科技人员，从而对团结科技人员，更好地发挥他们的聪明才智起到积极作用；（2）发动科技人员开展多种形式的立功竞赛和献计献策活动，促进了企业的发展和技术进步；（3）组织科技人员对广大职工群众及其子女开展大量的科普工作，取得较好效果。到1986年，全国已有3500多个厂矿科协，100多万会员。厂矿科协的发展引起国家的重视，1986年9月，国务院颁发的《国营企业厂长工作条例》中写进了厂长要支持科协工作的条文。这是厂矿科协第一次得到政府立法性文件的支持，从而对厂矿科协的巩固和发展起了稳定作用。

1986年12月，中国科协在沈阳市召开全国厂矿科协工作座谈会。这次会议是在党的十二届六中全会作出《中共中央关于社会主义精神文明建设指导方针的决议》和中共中央、国务院关于广泛、深入、持久地开展增产节约、增收节支运动号召的大背景下召开的。为认真贯彻中央精神，与会代表经热烈讨论，向全国3500个厂矿科协的100万名会员发出开展"讲理想、比贡献"活动的倡议。这一倡议得到中国科协和国家经委的肯定和支持。1987年4月，为充分发挥全国广大企业科技工作者的积极性、创造性，促进企业技术进步，中国科协与国家经委联合发出《关于在全国厂矿企业工程技术人员中开展"讲理想、比贡献"竞赛活动的通知》，提出了在全国厂矿企业科技人员中开展"讲理想、比贡献"竞赛活动，由于"讲理想、比贡献"活动紧密围绕经济建设这个中心，直接服务于企业的技术进步，有利于发挥科技工作者的积极性和创造性，因此得到企业的认可和支持，得到广大科技工作者的积极响应，成为企业中最具影响、最受欢迎的群众性科技活动之一。

1990年初，国务院办公厅以参阅文件印发了中国科协与国家计委《关于在全国厂矿企业工程技术人员中开展"讲理想、比贡献"竞赛活动的情况报告》，希望各地在贯彻中央关于进一步进行治理整顿，深化改革决定的过程中，加强对这项工作的领导，使其更好地发挥作用。这些都对各地厂矿科协的工作，特别是"讲理想、比贡献"竞赛活动的开展，起了重要的指导和推动作用。

1990年11月，中国科协在北京又一次召开全国厂矿科协工作会议，对厂矿科协的工作进行认真总结和部署。这次会议对厂矿科协的性质、地位和方针、任务作了进一步阐述，指出厂矿科协是企业中共委员会下的科技工作者的群众组织，不是企业的一个科室，也不是党委的一个部门，要当好企业党委会和行政领导部门推进企业科技进步的助手和联系科技工作者的纽带；厂矿科协是中国科协的重要基础组织之一，各级科协要加强对厂矿科协工作的领导。

到1991年，厂矿科协已发展到7600多个，会员增至140万人。厂矿科协在组织会员开展学术交流、咨询服务和继续教育的同时，面向广大职工做了大量科普工作，对促进企业技术进步，宣传节能、降耗和提高产品质量，推广有关科技成果和新技术，提高职工科学素质和劳动技能等方面，都起到了积极作用。①

街道科普 街道是城市居民的生活场所，也是城市精神文明建设的重要窗口。在改革开放前的很长一个时期，

---

① 邓楠主编：《发展与责任——中国科协50年》，中国科学技术出版社2009年版，第131—133页。

街道的科普工作并未引起重视。随着城市建设的发展和离退休人员的增加，特别是大力加强社会主义精神文明建设的提出，对城市街道的科普工作提出了新的要求。例如，如何倡导科学、文明、健康的生活方式，如何保护和美化环境，如何保证计划生育和教育好独生子女，等等，需要普及的科技知识多种多样。形势要求街道尽快组织起一支包括不同学科、不同专长而又热心为街道服务的科普积极分子队伍。在这一背景下，街道科普协会应运而生。

较早在基层成立街道科普协会的有南昌、广州、杭州、上海、沈阳等大中城市。早在1981年，南昌市科协就草拟了《城市街道科普协会组织通则》。到1982年底，城区的34个街道办事处，全部成立了街道科普协会。这些街道科普协会主要开展了以下三方面的工作：（1）广泛开展科普宣传，努力提高人民群众的科学文化水平。除常用的各种宣传形式外，还创办了家庭科普学校、老年之家科普茶座、科普与法制宣传一条街、科技文化阅览室等群众乐于接受的有效形式。（2）大力开展文化技术培训，提高待业青年和街道企业职工的文化技术水平。如待业青年的就业技术培训班、青年职工的文化补习班、职工的专业技术培训班、管理干部的全面质量管理培训班等，收到了预期的效果。（3）为街道企业采用新技术和开发新产品组织技术攻关，取得了显著经济效益。

上海市正式成立街道科普协会的时间不算太早，但由于街道科普工作有基础，很快就发展起来。率先成立的是闸北区中兴街道。这个街道的荣福村居委会，早在20世纪70年代末，就曾组织开展过科普宣传月活动，举办了以治理环境卫生为重点，指导居民改变旧的生活方式的科普讲座，使这个全区闻名的"地无三尺平，弄无三尺净，人无三日宁"的"脏、乱、差"里弄，一跃成为全区的文明里弄。1985年，闸北区科协在中兴街道试点，推广荣福村的经验，并在此基础上成立了街道科普协会。到1989年，全市已有122个街道成立了科普协会，占全市136个街道的90%。它们针对本地区的特点和居民的实际需要，以倡导科学、文明、健康的生活方式为立足点，以宣传普及"身边科学"为基本内容，开展了多种形式的科普活动，为提高居民科学文化素质，促进社会主义精神文明建设起到了积极作用。广州市早在1984年就在广州市委的支持下，在全市普遍建立了街道科普协会，并以扶植街道工业为主要任务。在这前后，苏州、武汉、昆明、重庆、西安、大连、哈尔滨以及北京、天津等大中城市，也在20世纪80年代中后期先后成立了许多街道科普协会（也有叫街道科协的）。

街道科普协会的成员为本街道所在单位和居民中的热心科普工作的科技、文教、卫生工作者，能工巧匠和街道、里弄干部，其中一部分为离退休人员，一部分为在职人员，二者的比重各地有所不同。它的性质是街道党委领导下的社区性的、群众性的科普团体，在业务上受所在地区科协的指导。它的基本任务是团结、组织本街道的科技人员和能工巧匠，通过开展各种科普活动，为本街道的经济和社会发展及居民的家庭与社会生活服务，以促进街道的两个文明建设。

科普周活动　城市科普周活动是集中一段时间，围绕一个主题，组织协调各有关部门的力量，采用多种方式，运用多种传播媒介，开展的大规模的、群众性的科普宣传活动。

早在1987年杭州市就举办了"科技宣传周"活动。同年夏天，上海市举办"科技之夏"活动，时间为一个月。上海的"科技之夏"每年一次，连续举办过四届，1991年易名为"上海科技节"。黑龙江、吉林开展"科技之冬"活动，利用农闲季节，在农村开展科普活动。到1989年底，全国已有几十个大中城市相继举办这类活动。浙江、江苏、河北等每个省就有十几个地（市）举办，使城市科普工作在一定时期内形成一个个小高潮，更加引人注目、深入人心，取得了较好的规模效应。

据一些城市统计，参加科普周活动的群众可达全市人口的半数以上，加上各类大众传媒的广泛宣传，覆盖面还要更大些。从领导干部到平民百姓，从科技专家到一般职工，从离退休老人到青年学生，都可以根据自己的兴趣和需要，参加其中某些活动。科普周对丰富城市人民的文化生活，驱除愚昧、迷信丑恶现象，促进城市精神文明建设起到了重要作用。

青少年学科学、爱科学的热潮

1977年，由"科协办公室"联合北京市教育局举办了3次首都科学家、劳动模范与中小学科学爱好者的大型谈话会，周培源、吴有训、茅以升、高士其、严济慈等39位科学家以及部分劳动模范代表到会与青少年亲切见面，鼓励中学生学好数理化基础知识，为实现四个现代化、攀登科学技术高峰打好基础，在全国产生极大反响，初步掀起了广大青少年学科学、爱科学的热潮。

1. 青少年是科学的未来和希望

1978年3月18日，邓小平在全国科学大会开幕式上的讲话指出，科学的未来在于青年。青年一代的成长，正是我们事业必定要兴旺发达的希望所在。我们工人阶级的杰出人才，是来自人民的，又是为人民服务的。在广泛的群众基础上，才能不断涌现出杰出人才。也只有有了成批的杰出人才，才能带动我们整个中华民族科学文化水平的提高。4月，邓小平出席全国教育工作会议开幕式并发表讲话指出："我们要在科学技术上赶超世界先进水平，不但要提高高等教育的质量，而且首先要提高中小学教育的质量，按照中小学生所能接受的程度，用先进的科学知识来充实中小学的教育内容。"1983年10月1日，邓小平为景山学校题词："教育要面向现代化，面向世界，面向未来"。

1978年3月2日，在出席全国人大解放军代表团第一小组会议时，邓小平指出："国防现代化离不开农业现代化、工业现代化、科学技术现代化，离开这三化就谈不上国防现代化。抓科学技术，教育很重要。这不仅是科学院的事，而且是全民性的事，从娃娃起就要培养。"1984年1月25日，邓小平参观中国航空技术进出口公司深圳工贸中心，在听取关于引进国外先进技术生产计算机设备和软件设备的汇报时指出："软件占百分之八十，硬件占百分之二十，这就要靠脑子。杨振宁说美国都是十六七岁的娃娃搞软件，好多尖端技术都是娃娃搞出来的。要积极培训青少年。搞软件，我们有条件，中国有一大批的好娃娃。"2月16日，邓小平在参观上海市微电子技术及其应用汇报展览时指出："计算机的普及要从娃娃抓起。"

为切实推进青少年科技活动，经中共中央批准，1981年6月，中国科协与教育部、国家体委、共青团中央和全

国妇联联合成立了全国青少年科技活动领导小组，共同筹
划、组织、协调和推动青少年科技活动这项工作。周培源
任组长，董纯才（教育部）、李青川（国家体委）、高占
祥（共青团中央）、胡德华（全国妇联）、孙照寰（中国
科协）等任副组长。由中国科协青少年工作部兼管领导小
组办公室工作。领导小组定期研究工作，从而加强了对全
国青少年科技活动的协调和领导。

2. 学科竞赛

1978年5月21日，由中国科协发起，与教育部联合举
办了有北京、上海、天津、安徽、广东、辽宁、四川、陕
西8个省、直辖市参加的全国部分省市中学生数学竞赛。
国务院副总理方毅担任竞赛委员会名誉主任，中国数学会
理事长华罗庚担任主任，并主持命题。在8个省、直辖市
预选的基础上，有350名优胜学生参加了决赛，最后评出
57名优胜学生，分别授予一、二、三等奖，并推荐免试进
入高等学校学习。1979年起，为提高广大青少年对科学的
兴趣，探索早期发现和培养优秀青少年的途径，中国科协
组织中国数学会、中国物理学会、中国化学会、中国植物
学会和中国动物学会、中国计算机学会举办全国高中生数
学、物理、化学、生物和计算机竞赛。从1985年开始，我
国陆续选拔优秀中学生短期集训并组队参加每年一届的国

际奥林匹克数学、物理、化学、生物学、信息学竞赛，并在各学科国际竞赛中连续获得优异成绩。

3. 科技作品展览

　　1979年10月，在北京举办的"全国青少年科技作品展览"，成为中国青少年科技活动的新的里程碑。这次展览是由中国科协、教育部、国家体委、共青团中央联合，为迎接中华人民共和国成立30周年而举办的。全国人大常委会副委员长邓颖超担任了展览组织委员会的名誉主任，党和国家领导人叶剑英、邓小平、宋庆龄分别为展览会题词。叶剑英的题词是："勤奋学习、勇于实践"；邓小平的题词是："青少年是祖国的未来，科学的希望"；宋庆龄的题词是："广大青少年要勤奋学习科学文化知识，向科学技术进军，为祖国现代化事业贡献力量"。1979年10月3日，展览会在北京展览馆隆重开幕，邓颖超副委员长为展览剪彩并致开幕词。她指出，这次展览，对于青少年科技活动的开展，将是个有力的推动。希望青少年们勤奋学习，刻苦钻研，勇于探索，敢于创新，准备为建设社会主义现代化强国贡献青春。她还希望科学家、教师、家长以及整个社会都来关心和支持青少年的科技活动。这次展览共展出全国29个省、自治区、直辖市送来的优秀科技作品近3000件，在展览的同时，还试办了青少年科学讨论会，宣读了青少年撰写的科学论文56篇。经过专家评比，有1114件作品和40篇论文获奖。在展出的3个月内，共接待了各方面观众28万人次。

4. 创造发明比赛和科学讨论会

这项活动（后来更名为全国青少年科技创新大赛）于1982年开始由全国青少年科技活动领导小组主办，每两年一次。这项活动的目的，是在青少年童心、爱心、好奇好胜心的心理基础上，激励孩子学发明，学习科学研究的基本方法，启迪青少年科学兴趣，培养他们的科学态度和创新精神，锻炼他们的实践能力，鼓励他们良好的创造动机，肯定他们点滴的创造火花，引导他们做出实际成果，通过独立创造、辅导、评比和答辩，完成一个教育全过程。

5. 科学实验活动

1991年10月，由中国科协、教育部、国家自然科学基金委员会和国家环保总局主办第一届全国青少年生物百项活动。活动每两年一届，1999年更名为全国青少年生物和环境科学实验活动。开展这项活动的目的是启发青少年从自己熟悉的生活、生产问题出发，通过生动有趣、丰富多彩的科学实践活动，认识生物科学与人类生活的关系，了解周围的环境，探索身边的科学，参与到保护生态环境的实践行动中来；培养他们热爱祖国、热爱大自然的美好情感；帮助他们在参加生物和环境科学探索活动的过程中，学习科学研究的基本方法，提高思想道德素质和科学文化素质。为此，生物和环境科学实验活动制定了"五要素"的参与标准，即：优秀项目和优秀活动必须具备明确的选题目的、完整的实施过程、真实的原始材料、科学的事实结果、自己的收获和体会。活动普及面广，育人效果和社会效益显著。

6. 科技夏令营和科学考察活动

科技夏令营是各专门学会的一项传统活动，青少年在活动中可以获得大量感性、直接的科技信息和知识，有利于开阔视野，培养观察能力，提高对科学的兴趣。1984年7月15日，40个全国学会联合在北京组织有5万名青少年参加的盛大开幕式，方毅副总理代表中共中央、国务院指出："科技夏令营，要以科技活动为主，辅之以参观、游览和文体活动，激发青少年对党、对祖国、对社会主义的热爱，帮助他们树立爱科学、学科学、献身科学事业的远大志向，锻炼他们勇于克服困难，顽强拼搏的革命意志，培养他们爱护集体、关心他人的可贵品质。"这个讲话对办好科技夏令营具有重要的指导作用。科技夏令营和科学考察在对青少年进行科技为主的综合教育的同时，还适当安排一些休闲度假的内容，因此深受青少年喜爱。另外，它采取半军事化的管理手段，也有利于增强学生的集体主义观念，培养学生艰苦奋斗的精神。随着我国教育改革的不断深入，以探索、实践等形式为主的科技夏令营和科学考察活动也在不断地更新和发展。目前经常开展的科技夏令营有综合性的，如环保科技夏令营、生物科技夏令营等；也有单一学科的，如航海、航空科技夏令营，海洋生物夏令营，天文科技夏令营，摄影科技夏令营等。科学考察是对科研、生产过程和自然界现象进行实地调查或研究的活动。它一般也分综合性和专题性两种，综合性如考察科技成果、调查某地生态环境等，专题性如地质资源考察、水质资源考察等。实践表明，综合性的科技夏令营和科学考察适宜对一般青少年的科技知识普及，而专题性的科技夏令营和科学考察对培养在某些科学领域感兴趣的科技爱好者效果较好。

7. 青少年科技活动教师的培养和发展

为培养和发展青少年科技活动教师队伍，1981年6月12日，由中国科协、教育部、国家体委、共青团中央、全国妇联共同发起召开了中国青少年科技辅导员协会成立大会。会议通过了题为《要在培养青少年科学素质上下功夫》的主题报告。这个协会的成立，凝聚了一大批教育和科技工作者。全国29个省、自治区、直辖市，以及各地市县纷纷建立起各级青少年科技辅导员协会。在以后的几年中，各级协会在培训提高科技辅导员水平和理论研究工作方面，做了大量工作，还组织科技辅导员赴各地进行考察；开办了电子、计算机、生物组织培养等各类培训班；坚持每年一次的全国理论工作年会，出版优秀论文集。为激励科技辅导员做好工作，1983年1月，召开了全国优秀青少年科技辅导员和科技活动先进集体表彰大会；1987年9月，再次对全国优秀青少年科技辅导员和科技活动先进集体进行了表彰。各省（自治区、直辖市）也相应开展表彰活动，大批热心于青少年科技教育的先进人物受到表彰。许多省（自治区、直辖市）还把青少年科技爱好者组织起来，成立了电子、生物、天文、地学、数学等科技爱好者协会，形成了一支科技活动的骨干队伍和开拓力量。

重振旗鼓的科普宣传

1. 科教电影

1978年初，文化部召开了全国科教电影创作会议。这次会议提出了"科教电影要为提高全民族的科学文化服务"的口号，对科教片创作思想上进一步拨乱反正起到积极作用。1979年3月，文化部、教育部、中国科协联合召开了科教电影事业规划会议，会议进一步明确了"科教电影要为四个现代化建设服务，为提高整个民族科学文化水平服务"的方针。从此，科教电影界方向明确，思想解放，创作热情和生产积极性空前高涨。

1983年3月，农业部与中国科协联合举办"全国优秀农业科教片"评选活动，全国22个制片单位选送了65部影片参评，最后评出了15部"优秀农业科教片"。同年，在西班牙隆达举行的国际科学电影协会第36届年会上，中国被国际科学电影协会接纳为正式会员。此后，我国均派出代表参加每届年会。

1987年2月15日—3月15日，农业部、林业部、广播电影电视部、文化部、国家科委、中国科协等部委举办第一次全国性的"农林科教电影汇映"活动。北科影、上科影和农影三家科教电影制片厂和几十家声像中心拍摄了大量科普影片和录像片。据统计，仅这3家电影制片厂，自20世纪50年代先后成立以来，到20世纪80年代后期累计已拍摄科普影片3000部，通过放映故事片前的加演和组织专场放映，对增强人们的科技意识和普及科学技术知识起了其他宣传形式难以达到的直观、形象、深入浅出的效果。

2. 科教电视

1981年4月，国家科委要求"科普出版部门"要利用电视、广播、讲座等形式组织丰富多彩的科学普及节目。

1983年11月，农业部和中央电视台合作，在中央电视台开办了《农业科技知识》栏目，每周首播一期，每期25分钟，重播4次。节目内容涉及种植、养殖、加工、乡镇企业等方面科技知识，这是我国最早出现的成系列、上规模、定期播出的科技电视栏目。这个栏目播出三年，共158期，在农村反响很大，也得到社会各界的好评。一些地方电视台也仿效中央台开办了科技栏目，比较有代表性的是武汉电视台，于1986年开办了《科技之光》栏目。

1987年2月，《农业教育与科技》栏目在中央电视台第二套节目中正式播出。这是我国第一个向全国播出的规模较大的电视科技栏目，它标志着科教电视的发展进入了新阶段，由过去零星的、分散的节目向系统化、规模化和专栏化方向发展。该栏目到2001年7月并入中央电视台第七套农业节目而停办，历时14年多，一共播出了2670期，在农村影响极大，深受农民、农村基层干部和农业科技工作者的欢迎。据1992年中央电视台在浙江、江苏、安徽、江西四省调查，它在农村的收视率仅次于《新闻联播》，名列第二。除了中央电视台开办科教栏目外，不少地方电视台也纷纷开办科教栏目。如广东电视台的《摇钱树》、北京电视台的《科技大视野》、江苏电视台的《科技天地》、上海电视台的《科技新世纪》、湖北电视台的《科教天地》、四川电视台的《科海星空》、天津电视台的《科技长河》等，都颇有特色和影响。

1986年7月，中国科协成立了中国科教电影电视协会。该协会的成立，团结了全国广大科教影视工作者，为沟通信息、探讨问题、交流经验、切磋技艺、表彰先进，促进中国科教电影电视专业队伍素质提高和事业的发展做出了显著贡献。同时，协会还组织和参与了全国的优秀科教电影电视评奖，到2002年，举行了6次全国优秀科教影视片的评比。

1989年，中国科协还举办了全国优秀科技声像作品"科蕾奖"评比，每两年一届。经中宣部批准，从1997年第五届开始，更名为"全国优秀科技声像作品奖"，并与国家新闻出版署联合主办，到2002年，共举办7届，共有398部优秀科技影视作品获一、二、三等奖。

3. 科教图书、报纸

据粗略统计，从1979年至1988年，全国共出版了2万多种科普图书。其中，基础学科图书约占23%，工业科技图书约占29%，农业科技图书约占20%，医药卫生图书约占12%，交叉学科和多学科综合性图书约占16%。按读者对象来分，以工人和厂矿企业管理人员为主要对象的约占30%，以农民和农村干部为主要对象的约占20%，以广大干部、青少年学生和市民为主要对象的约占35%，以少年儿童为主要对象的约占15%。按品种和体裁来分，一般知识性读物约占40%，自学和学习指导类图书约占10%，技术培训、技术浅说和技术问答类图书约占40%，科学文艺读物及其他不到10%。

《中国科学报》《科技日报》《中国科协报》及各地方科学报纸的创刊或复刊都极大地带动了科普创作繁荣。在20世纪80年代初期开始出现的面向农村的科技报异常火爆，全国各省、自治区、直辖市都有科技报。发行量也很大，许多省、市的科技报发行上百万份。《湖南科技报》曾发行高达180万份，《山东科技报》达200万份。这些报纸，对于实行家庭联产承包责任制的农业发展来说，在传播农业科学技术新成果，普及先进适用技术，培养农民技术骨干，推动农村技术进步方面发挥了重要的推进作用[①]。

---

① 章道义：《中国科普：一个世纪的简要回顾》，《科技日报》，2001年7月27日第12版。

五、科教兴国战略下的科普工作（1994—2005）

20世纪80年代后期，农村、城市的经济工作取得长足进展的同时，精神文化上的需求也随之而来。然而，由于农村的精神文明建设还跟不上其物质文明的发展，特别是中国上千年的封建迷信并未根除，随着新时期的到来，各种迷信活动如请巫婆、请神汉在广大农村再次泛起，并很快蔓延开来。①加之书价的大幅度上涨和单位订购书报刊数量的锐减，农村知识青年的大量涌入城市和城市企业的普遍亏损，以及出版业内部竞争的加剧，不少书报刊的选题和内容雷同、重复等原因，科普书报刊由火爆跌入低谷。一些发行量几十万甚至一二百万的科普报刊，不到几年时间就跌到只剩下几万、十几万的份额。一些科普图书由于书店的订数太少，以致无法开印。许多大报开办的科普副刊，也为一些经济、消费和娱乐性版面所取代。深受

---

① 任福君、姚义贤主编：《反伪斗士——郭正宜》，科学技术普及出版社2010年版，第8页。

观众欢迎的科学教育电影，则由于城市影院不再加演和农村放映队解体，无人订购而难以为继。科普宣传和科普创作在兴旺了 10 年之后受到了冷遇，科普阵地日渐萎缩，几乎成了被遗忘的角落。[①]

伪科学也借此抬头，一些打着科学的旗号宣扬各种超自然、超物质的神秘力量的如占星术、灵学等伪科学行为或骗局也不断多了起来，甚至影响到了青少年群体。"水变油""超浅水船"等也都打着新科学、新发现、新技术发明的旗号在全国炒得沸沸扬扬。这些迷信、愚昧活动和伪科学的泛滥造成了国家经济的损失、资源的浪费。[②]

针对社会上愚昧迷信之风蔓延、伪科学活动猖獗的现象，针对"令人触目惊心"的社会现象，1995 年 6 月 20日，中国科协邀请各有关方面座谈，中国科协书记处书记张玉台出席会议，决定由中国科协促进自然科学与社会科学联盟专门委员会主持，召开以"捍卫科学尊严、破除愚昧迷信、反对伪科学"为主题的系列研讨会。这个系列论坛从 1995 年至 2003 年，一共举办了 10 次研讨会。[③]中国科协还与中央文明办联合举办"崇尚科学文明，反对迷信愚

---

① 章道义：《中国科普：一个世纪的简要回顾》，《科技日报》，2001 年 7月 20 日。

② 申振钰：《中国科普历史考察》，《科普研究》，2002 年增刊。

③ 张小林：《捍卫科学精神的足迹——关于两科联盟的历史回顾》，《科学与无神论》，2011 年第 6 期。

昧"大型图片展，党和国家领导人及社会各界群众30余万人观看。[1]

党和政府大力推进科普工作

针对社会上的愚昧迷信、伪科学猖獗的现象，为了进一步加强和改善科普工作现状，1994年12月5日，中共中央、国务院发布了《关于加强科学技术普及工作的若干意见》（以下简称《若干意见》）。这是新中国成立以来，党中央和国务院共同发布的第一个全面论述科普工作的纲领性文件，是新时期党和政府推动科普事业发展的重要标志，具有里程碑的重要意义。

针对当时科普的现状，《若干意见》指出"近些年来，由于有些地方对科普工作的重视程度有所下降，致使科普工作面临重重困难，科普阵地日渐萎缩。与此同时，一些迷信愚昧活动却日渐泛滥，反科学、伪科学活动频频发生，令人触目惊心"，"因此，采取有力措施，大力加强科普工作，已成为迫在眉睫的工作"，"加强科普工作，提高全民族的科学文化素质，就是从根本上动摇和拆除封建迷信赖以存在的社会基础"。

---

① 邓楠主编：《发展与责任——中国科协50年》，中国科学技术出版社2009年版，第192—195页。

《若干意见》明确提出了科普工作的中心任务、工作内容、重点对象和主要措施等。可以说，《若干意见》是动员全社会做好科普工作的一个总纲领，它使我国的科普工作走上了有章可循的道路，科普工作进入了一个全新的历史阶段，具有十分重大而长远的意义。

根据《若干意见》的明确要求，即"各级党委和政府要根据各地的实际情况和经济社会发展条件，研究制定贯彻本文件的具体实施办法，并尽快落实"，部分省、直辖市结合本地区科学技术普及工作的实际情况出台了地方科学技术普及条例，如河北（1995年11月）、天津（1997年6月）、江苏（1998年10月，2001年10月修订）、北京（1998年11月）、湖南（1998年11月）、四川（1999年8月）等省、直辖市。地方科学技术普及条例属于地方性法规，由各省、自治区、直辖市及省政府所在市和经济特区所在市及国务院批准的较大的市的人民代表大会及其常务委员会制定并修改。地方科学技术普及条例是地方根据党和国家关于科学技术普及工作的法律、法规和政策，结合本地区科学技术普及工作的实际情况制定出的比较全面、系统、具体规定的地方性法规。

1995年5月，中共中央、国务院发布《关于加速科学技术进步的决定》。文件的中心内容是实施"科教兴国战略"，提出"科教兴国战略，是指全面落实科学技术是第一生产力思想，坚持教育为本，把科技和教育摆在经济、社会发展的重要位置，增强国家的科技实力及向现实生产力转化的能力，提高全民族的科技文化素质，把经济建设转移到依靠科技进步和提高劳动者素质的轨道上来，加速实现国家的繁荣强盛"。文件第29条中，把"提高全民族的科技文化素质"作为实施"科教兴国"的重要政策措施，指出"加强科学技术的宣传和普及工作。提高全民族科学文化素质是推进科技进步、实现社会主义现代化的必要前提，是民族强盛的基础"，"在广大人民群众中大力普及科技知识、科学思想和科学方法，进行辩证唯物主义和历史唯物主义的教育。用科学战胜迷信、愚昧和贫穷，把人民的生产、生活导向文明、科学的轨道"。

党中央、国务院的这些重要文件，为科普工作指明了方向。

1. 设立科普工作联席会议制度

为加强对科普工作的领导和管理，根据《若干意见》的要求，国务院于1996年4月建立了由国家科委任组长单位，中央宣传部、中国科协为副组长单位，党中央、国务院有关部门组成的科普工作联席会议制度。参加科普工作联席会议的部门有国家科委（科技部）、中宣部、中国科协、中组部、国家发展改革委、教育部、财政部、人力资源和社会保障部、环境保护部、文化部、国家人口与计生委、国家税务总局、国家广播电影电视总局、新闻出版总署、国家旅游局、中国科学院、中华全国总工会、全国妇联、共青团中央等19个部门。部分省、自治区、直辖市也采取这种制度，协同推进科普工作。中国科学院、中国气象局等部门也相继建立了科普工作联席会议制度或协调领导小组。在联席会议制度的组织协调下，各部门发挥自身优势，密切合作，形成了科普资源的集成效应。科普工作联席会议制度部署、引导、组织、督促全国科普工作，推动科普工作健康发展。其中最有影响的工作就是连续组织召开的三次全国科学技术普及工作会议。

2. 召开三次全国科学技术普及工作会议

为了贯彻落实《若干意见》，推进科普工作向纵深发展，推进科教兴国战略的实施，国家科委（科技部）、中宣部、中国科协三家联合分别于1996年、1999年、2002年在北京召开了三次全国科学技术普及工作会议，研究部署全国的科普工作。会议倡导崇尚科学、宣传科学、反对迷信，交流了科普工作经验，表彰了科普先进工作者和先进集体。特别是1996年2月的第一次全国科学技术普及工作会议，这次会议进一步学习并贯彻中共中央、国务院《若干意见》和《关于加速科学技术进步的决定》；交流探讨在新形势下开展科普工作的做法；审议全国科普工作"九五"计划纲要思路；表彰全国科普工作先进集体和个人。国务委员、国家科委主任宋健在开幕式上作了《为提高全民族的科学文化素质而奋斗》的讲话，全国政协副主席、中国科协主席朱光亚作了《弘扬光荣传统，肩负历史使命，推进科普大业》的讲话，国家科委常务副主任朱丽兰作了《大力加强科普工作，提高全民族科学文化素质，为建设社会主义强国而奋斗》的工作报告，中共中央宣传部副部长刘云山作了《加强科普宣传，为科教兴国的伟大战略服务》的讲话，中国科协党组书记张玉台作了《高举科学旗帜，发挥科技团体的优势，开创科学普及工作的新局面》的讲话，国家科委副主任邓楠作了《制定好"九五"科普工作计划，动员全社会共同推进科普工作》的讲话，中国科学院院长周光召作了《加强科学普及，弘扬科学精神》的讲话，中国科协副主席何康作了《国外促进公众理解科学技术的有关情况》的讲话。

1999年12月14—15日，在北京召开了第二次全国科学技术普及工作会议。会议的主题是崇尚科学、宣传科学、反对迷信，大力推进科学思想和科学精神的普及。2002年12月18—19日召开了第三次全国科学技术普及工作会议。会议表彰了全国科普工作先进集体，全国科普工作先进工作者，命名了全国青少年"科普教育基地"。教育部、卫生部、团中央、全国妇联、中国科学院、山东省委和中央电视台等26个单位和个人发言，介绍和交流科普工作的经验和体会。第三次全国科普工作会议正值党的十六大胜利召开和《科普法》颁布实施，对深入贯彻落实党的十六大精神和《科普法》都起到了重要推动作用。

3. 制定科学技术普及工作纲要

为了认真贯彻《加速科学技术进步的决定》精神，党中央和国务院于1995年5月召开了全国科学技术大会，江泽民总书记在大会上发表讲话。动员全党全国人民，全面落实科学技术是第一生产力的思想，在全国形成实施科教兴国战略的热潮，积极促进经济建设转入依靠科技进步和提高劳动者素质的轨道。

1999年，为贯彻落实《若干意见》精神，科学技术部、中共中央宣传部、中国科协、教育部、国家发展计划委员会、财政部、国家税务总局、国家广电总局、新闻出版署联合发布《2000—2005年科学技术普及工作纲要》（简称《纲要》）。《纲要》提出要提高"对反科学、伪科学活动的基本鉴别能力，有效遏制各种愚昧迷信活动和反科学、伪科学活动，根除其赖以生存的土壤"，"揭露批判各种打着科学旗号进行的反科学活动"。

《纲要》对科普工作的重要性和紧迫性、主要任务和目标、推动科普工作的社会化主要措施等四方面做了规划。《纲要》要求"90%以上的省、市、自治区制定实施地方科普工作条例"，为了落实纲要的要求，陕西（2000年5月）、宁夏（2000年11月）、新疆（2001年7月，2010年3月修订）、贵州（2002年5月）共4个省和自治区又制定出台了地方科学技术普及条例。至此共有10个省、自治区、直辖市制定了地方科学技术普及条例。

4. 加强科普宣传

为了全面落实《若干意见》，加大科普工作的力度，提高全民族科学文化素质，由中宣部、国家科委、中国科协于1996年6月发出《关于加强科普宣传工作的通知》，对如何加强新时期的科普宣传工作提出了10条要求："要高度重视新时期的科普宣传工作"；"加强科技是第一生产力思考和科技兴国战略的宣传"；"大力宣传可持续发展战略，大力传播科技知识，宣传科学思考和科学方法，培养公众用科学的思考观察问题，用科学的方法处理问题的能力"；"大力宣传科技事业的伟大成就，宣传广大科技工作者的杰出贡献和先进事迹"；"科普宣传要立足实际，注重实效"；"针对不同对象做好宣传工作"；"科普宣传要讲科学、讲纪律"；"各种宣传媒体要协同配合，加大科普宣传的声势和力度"；"加强科普宣传队伍建设"。文件的颁布对指导和加强科普工作起到了重要作用。

2003年8月，为了全面贯彻落实《科普法》，中宣部、科技部、中国科协等六部门发布了《关于进一步加强科普宣传工作的通知》，对新世纪新阶段的科普工作做了细化安排部署，要求科普工作"要坚持与时俱进、开拓创新，深入研究科普宣传的特点和规律，积极创新科普宣传的体制、内容、方式和方法"。提出在新世纪新阶段科普以"大力宣传科学精神、科学知识、科学思想和科学方法"为主要内容的同时，还要宣传新任务、新要求，号召社会各界参与科普活动，扩大科普宣传的社会影响。

党的十六届三中全会提出了以人为本、全面协调可持续发展的科学发展观，围绕贯彻落实科学发展观，中国科协于2005年4月发布了《关于加强科学发展观科普宣传的意见》，文件从指导思想、目标任务以及具体的工作要求和措施等方面进行了详细部署，确定具体目标是"2010年前，使科普宣传做到覆盖全国，遍及城乡，使科学发展观家喻户晓、深入人心"。确定2005年宣传的重点是"资源节约与可持续利用"。文件为引导广大人民群众牢固树立和认真落实以人为本、全面协调可持续发展的科学发展观，促进全民族科学文化素质的提高和社会主义和谐社会的建立起了重要的推动作用。

5. 设立科技活动周

为了更好地实施科教兴国战略，2001年3月22日，国务院批复从2001年起，每年的5月份的第3周为全国"科技活动周"，具体工作由科技部会同有关部门组织实施。为了保证科技活动周的顺利实施，依托已经建立的科普联席会议制度，组成了以科技部为组长单位，中宣部、中国科协为副组长单位，包括19个有关部门在内的全国科技活动周组织委员会，并建立了科技活动周组织委员会办公室，具体负责科技活动周组织委员会的日常工作。同时建立了由周光召等10位德高望重的两院院士组成的科技活动周指导委员会，指导科技活动周组委会的筹办工作。

在党中央、国务院的亲切关怀下，在科技部、中宣部、中国科协等部门的精心组织下，在各地各部门的直接参与下，科技活动周取得广泛社会影响。2001—2005年，分别以"科技在我身边""科技创造未来""依靠科学，战胜非典""科技以人为本，全面建设小康"为主题，开展了丰富多彩的活动。仅据到2008年的统计，全国共组织各类群众性科技活动7万余项，有近6亿人次亲身参与了各类科技活动，有10亿多人次收看（听）科技活动周的新闻报道和专题节目，直接参与科技活动周相关活动的省部级以上领导同志就有400余人次。科技活动周已成为弘扬科学精神、普及科学知识、宣传科技方针政策、传播创新文化的重要平台。

科普事业步入法制化、制度化轨道

1.《中华人民共和国科学技术普及法》的颁布

早在1993年11月，中国科协在广泛调查研究的基础上，正式向中共中央建议制定《中华人民共和国科学技术普及法》（以下简称《科普法》），并得到采纳。根据中央《若干意见》精神，从20世纪90年代中期起，全国人大代表和全国政协委员在每年两会期间多次呼吁，要求制定《科普法》。2001年1月，全国人大教科文卫委员会成立了国家科学技术普及法领导小组和工作小组，正式启动起草工作。2002年1月16日，全国人大教科文卫委员会正式向全国人大常委会报送了关于提请审议《中华人民共和国科学技术普及法（草案）》的议案，正式进入审议阶段。2002年4月和6月，九届全国人大常委会第27次和第28次会议两次审议了《科普法》草案，并提出了修改意见。全国人大法律委员会根据常委们的意见逐条进行讨论修改。6月29日，九届全国人大常委会第28次会议审议通过了《科普法》。

《科普法》是在我国几十年来科普工作的政策实践基础上，针对我国国情制定的一部重要法律。《科普法》明确规定了科普工作的组织管理、社会责任、保障措施和法律责任，为加强科普工作提供了法律保障。《科普法》将普及科学技术上升为国家的意志、全体人民的意志，体现和代表了最广大人民的根本利益，具有普遍的约束力和强制力。《科普法》是以国家强制力来保证实施的。国家的权力机关、行政机关、司法机关等国家机器，都成为保证科普事业发展的坚强后盾。《科普法》的颁布实施，对于依法加强科普工作，推动科教兴国战略和可持续发展战略的实施，提高全民的科学文化素质，推动经济发展和社会进步，实现我国社会主义现代化建设的目标和中华民族的伟大复兴都具有重大意义。这是世界上第一部科普法，标志着中国科普工作进入法制化、制度化轨道。

《科普法》的颁布，引起了社会各界对科普工作的高度重视。为落实《科普法》关于"国家支持科普工作，依法对科普事业实行税收优惠"的规定，2003年5月8日，财政部、国家税务总局、海关总署、科技部、新闻出版总署共同制定了《关于鼓励科普事业发展税收优惠政策问题的通知》（简称《通知》）。这是新中国成立以来，第一个专门针对科普事业发展的税收政策。为便于各地执行这个《通知》，科技部、财政部、国家税务总局、海关总署、新闻出版总署于同年11月14日又联合出台了《科普税收优惠政策实施办法》，对综合类科技报纸和科技音像制品，科技馆、自然博物馆等科普基地，党政部门开展科普活动，科普基地进口科普影视作品进行了认定，给税收优惠政策如何执行提供了指导，进一步完善了科普事业发展税收优惠政策。

在2003年前后，国务院有关部委和社会团体在各自的职权范围内制定了针对本地区、本行业、本部门的专项科普政策。例如：国土资源部制定了《关于贯彻落实〈中华人民共和国科学技术普及法〉的通知》（2002年）；环保总局、科技部制定了《关于加强全国环境保护科普工作的若干意见》（2002年）；财政部、税务总局等五部门制定了《关于鼓励科普事业发展税收政策问题的通知》（2003年）；国家广电总局制定了《关于在广播电视工作中加强无神论宣传和科普宣传的意见》（2003年）；中国科协、国家发展和改革委、科技部、财政部和建设部联合下文颁布《关于加强科技馆等科普基础设施建设的若干意见》（2003年），大力推进科技馆等科普基础设施的建设，加强对现有科技馆等科普设施的管理和利用等；中国科协制定了《关于开展中国科普志愿者队伍建设工作的通知》（2003年）；地震局、科技部制定了《关于加强防震减灾科学普及工作的通知》（2004年）。

《科普法》颁布后，截至2005年底，又有内蒙古（2002年12月）、云南（2003年3月）、山东（2003年

9月）、河南（2003年9月）、广西（2005年7月）、西藏（2005年9月）、黑龙江（2005年10月）7个省、自治区制定出台了地方科学技术普及条例。这些科普政策、法规围绕科普工作的各个环节、各个层面和《科普法》有机结合，制定了相应的保障制度和优惠措施，为科普事业全面发展提供了社会性的政策保障。初步形成了我国以《科普法》为核心，以行政法规为主体的科普政策体系。

2. 设立全国科普日

2003年6月29日，在《中华人民共和国科学技术普及法》正式颁布实施一周年之际，为在全国掀起宣传贯彻落实《科普法》的热潮，中国科协举办了首届全国科普行动日活动，2004年起更名为全国科普日。全国科普日以其影响大、亮点多、受众广、效果好等特点，在全社会营造了一个讲科学、爱科学、学科学、用科学的良好社会氛围。

中国科协每年都组织全国学会和地方科协在全国开展科普日活动。从2005年起，为便于广大群众、学生更好地参与活动，活动日期由原先的6月份改为每年9月第三个公休日，作为全国科普日活动集中开展的时间。在全国科普日活动中，各级科协组织紧密围绕经济社会发展和人民群众的需求，以公众直接参与科普为基本活动方式，动员组织教育、科技、文化、卫生、体育等有关方面的科技工作者、科普工作者和科普志愿者进农村、进企业、进学校、进社区、进军营，运用讲座、报告、展示、咨询、传授、体验、竞赛、评选、展播、演出等形式开展丰富多彩的科普活动，宣传科学发展的理念，有力地推动了科学发展观在全社会的树立和落实。

全国科普日活动得到了中央领导同志，特别是中央书记处的高度重视和关心。从2004年起，中央书记处的领导同志每年参加全国科普日北京主场活动，每次都对开展好科普活动提出明确具体的要求，有力地推动了全国科普活动的广泛深入开展。

青少年科普创新发展

1. 颁布青少年科普指导纲要

根据《2000—2005年科学技术普及工作纲要》的要求，为了规范和指导机关、学校、社会团体、大众传媒、企业、农村、社区、家庭和个人，开展适合青少年特点的科普活动，在借鉴国内外先进理论和做法的基础上，结合我国青少年科普活动实际状况，科技部、教育部、中共中央宣传部、中国科协、共青团中央五部门于2000年11月联合颁布了《2001—2005年中国青少年科学技术普及活动指导纲要》，这是我国针对青少年科学技术普及工作的第一个计划指导纲要。

该纲要对青少年科学技术普及活动的"目标和原则""基本内容""类型""支持"等方面制订了实施计划，指出"广泛开展青少年科学技术普及活动，是新世纪推进我国科学技术普及工作的重要任务"，强调对青少年要"重视创新意识和能力的培养，全面提高科学素质"，把"科学态度，科学知识、技能，科学方法、能力以及科学行为、习惯等四部分"作为青少年科普活动的主要内容。文件的出台，标志着青少年群体已经成为我国科普活动的重要对象。

2. "做中学"科学教育试验项目

为了迎接21世纪的挑战，全面实施素质教育，推进基础教育课程改革，提高儿童和全体公民的科学素养水平，2001年8月，教育部和中国科协共同倡导和推动我国科学教育试验项目，将完整的探究式科学教育模式引入中国，命名"做中学"。教育部成立"做中学"科学教育领导小组，由时任教育部分管科技的副部长、中国工程院院士韦钰教授任组长。

"做中学"旨在让幼儿园和小学阶段的儿童有机会亲历探究自然奥秘的过程，使他们在观察、提问、设想、动手实验、表达、交流的探究活动中，体验科学探究的过程、建构基础性的科学知识、获得初步的科学探究能力，培养儿童的科学态度、科学精神和科学思维的方法，使儿童初步形成科学的世界观，为促进儿童的全面发展，成长为具有良好科学素养的未来公民打下必要的基础。"做中学"项目首批在北京、上海、南京、汕头4个城市试点，在实验的基础上，形成"做中学"科学教育方案。

"做中学"项目开展以来，取得了很好的效果。坚持经过实验，不断总结经验，再逐步推广的实事求是的科学态度；坚持先引进国外的优秀案例，然后消化、吸收，再创造我们自己的案例；坚持教师先培训，然后学校再开展项目的原则。2001—2004年中国先后有三批共50名左右教师到法国接受乔治·夏帕克（Georges Charpak）等专家的科学教育培训，之后，法国专家定期来中国对科学教师进行体验式培训。每年中国教育部、中国科协都要定期举办"科学教育"国际论坛和"做中学"全国骨干教师高级培训研修班。[①]

3. 全国五项学科竞赛活动

全国五项学科竞赛活动包括数学、物理、化学、生物和信息学竞赛，是由中国科学技术协会所属中国数学会、中国物理学会、中国化学会、中国动物学会、中国植物学

---

① 韦钰：《十年"做中学"为了说明什么——以科学研究为基础的教学改革之路》，中国科学技术出版社2012年版，第88—91页。

会和中国计算机学会等六个学会主办，并得到教育部及各级教育主管部门支持的，在国内具有广泛影响的面向在校高中学生的课外活动。其宗旨是：向中学生普及科学知识，激发他们学习学科知识的兴趣和积极性，为优秀学生提供相互交流和学习的机会，促进中等学校科学教育改革。通过竞赛和相关的活动培养和选拔优秀学生，为参加国际奥林匹克学科竞赛选拔参赛选手。学科竞赛属于课外活动，始终坚持学有余力、对学科学习有兴趣的学生自愿参加的原则，是在教师指导下学生研究性学习的重要方式。

每年，通过全国学科竞赛选拔优秀的中学生组成国家集训队，依托北京大学、清华大学、复旦大学等著名院校，由专家和领队对学生进行培训和进一步选拔，最后组成中国代表队参加国际学科奥林匹克竞赛；组织有关学会召开国际学科奥赛研讨会，总结我国参加国际学科奥赛的经验，讨论国际学科奥赛发展方向以及国内学科教育和普及工作等。

除派队出国参加竞赛，我国还于1990年、1994年、1995年、2000年、2005年分别成功举办了国际数学、物理、化学、信息学和生物奥林匹克竞赛。

4. 全国青少年科技创新大赛

全国青少年科技创新大赛是由中国科协、教育部、科技部、生态环境部、体育总局、知识产权局、自然科学基金会、共青团中央、全国妇联共同主办的一项全国性的青少年科技竞赛活动。其前身是1982年举办的"全国青少年发明创造比赛和科学讨论会"。2002年，"全国青少年发明创造比赛和科学讨论会"与另一项大型活动"全国青少年生物和环境科学实践活动"整合，统一命名为"全国青少年科技创新大赛"。大赛具有广泛的活动基础，从基层学校到全国大赛，每年约有1000万名青少年参加不同层次的活动，经过选拔，500多名青少年科技爱好者、200名科技辅导员相聚一起进行竞赛、展示和交流活动。全国青少年科技创新大赛不仅是国内青少年科技爱好者的一项重要赛事，而且已与国际上许多青少年科技竞赛活动建立了联系，每年都从大赛中选拔出优秀的科学研究项目参加国际科学与工程大奖赛（ISEF）、欧盟青少年科学家竞赛等国际青少年科技竞赛活动。

大赛搭建了全国青少年优秀科技创新成果展示和交流的平台，激发了青少年的科学兴趣和创造激情，培养了青少年的创新精神和实践能力，选拔了一大批青少年科技创新后备人才。

科普为"三农"做出贡献

党的十六届三中全会提出了"科学发展观"的战略部

署，科学发展观也成为科普工作的重要内容和指导思想。

2005年11月，中国科协又发布《关于进一步加强农村科普工作的意见》，从"认识农村科普工作的重要意义，明确指导思想"，"搭建社会化科普服务平台，大力开展形式多样、富有实效的科普工作，提高农民和农村青少年的科学素质"，"以一站一栏一员建设为重点，切实增强基层科普服务能力，逐步形成农村科普工作的长效机制"，"深入贯彻落实《科普法》，营造有利于农村科普工作的良好环境"四个方面提出要求。指出"解决农业、农村和农民问题是全党工作的重中之重，是建设社会主义和谐社会的重点和难点"，"全面贯彻落实科学发展观，建设生产发展、生活宽裕、乡风文明、村容整洁、管理民主的社会主义新农村，是构建和谐社会的重要基础性工程"，"提高广大农民的科学文化素质"是从根本上解决"三农"问题的关键。文件的发布，对调动全社会开展农村科普工作的积极性和主动性，引导提高广大农民和农村青少年的科学文化素质，促进社会主义新农村建设起到了显著的推动作用。

1. 文化、科技、卫生"三下乡"活动

为了在农村落实"科教兴国"战略，改变农村经济的落后面貌，加大科技兴农力度，自1996年起，中国科协

与中宣部、国家科委、卫生部等部门联合开展文化、科技、卫生"三下乡"活动，受到广大农民热烈欢迎。在1997年的《关于深入开展文化、科技、卫生"三下乡"活动的通知》中指出"三下乡活动不是权宜之计，而是长期任务"，"各部门、各行业要牢固树立为农业、农村、农民服务的指导思想，深刻认识我国农村人口多、底子薄、经济文化发展相对落后这一基本国情，认识农业、农村、农民问题在我国改革开放和现代化建设全局中的极端重要性，自觉向农业、农村倾斜，为民服务，帮助农民尽快富起来，促进农村经济和社会全面发展"。文件提出要"集中为农民办一批实事"，"着力解决农民迫切需要解决的问题"。

文化下乡包括图书、报刊下乡，送戏下乡，电影、电视下乡，开展群众性文化活动；科技下乡包括科技人员下乡，科技信息下乡，开展技术培训等科普活动；卫生下乡包括医务人员下乡，扶持乡村卫生组织，培训农村卫生人员，参与和推动本地合作医疗事业发展。从1995年到2004年10年间，"三下乡"活动的主办单位由最初的8部委发展到14个部委。"科技下乡"是"三下乡"活动的重要组成部分。据不完全统计，"三下乡"活动10年间共赠送图书7.12亿册，送戏690万多场，送电影2500多万场；科技人员下乡1700多万人次，举办科技培训410多万场，培训农民约6.9亿人次；下乡医疗队36万多支，开展医疗培训1600多万次，为2.48亿人次的农民看了病。"三下乡"活动大力推进了农村的精神文明建设，为发展农村经济、繁荣农村文化、提高农民科学技术素质起到了重要推动作用，为服务"三农"做出了重要贡献。

2. 研制配发科普大篷车

为缓解偏远地区和广大农村对科学知识的渴求，解决科技场馆严重不足且展品稀缺的现实问题，满足公众对科普的迫切需求，经过认真研究论证，从2000年起，中国科协开始研制和配发科普大篷车。科普大篷车被形象地称为"流动的科技馆"。它以其丰富多彩的展示内容、多种媒体的教育方法、机动灵活的活动方式，集多种科普功能于一体，可以进行科技展品展示、科普挂图展览、科技影视放映和举办科技讲座、科技报告会，为基层群众提供精美的科普套餐。随车的数十件展品，手触可感，寓教于乐，生动直观，启迪心智，既揭示了自然现象的科学原理，也激发了广大群众，特别是青少年对科技知识的渴求和探索世界的好奇心。中国科协组织全国学会和地方科协，利用科普大篷车深入内蒙古、重庆、广西、云南等中西部少数民族地区和边远山区宣传科普知识。

科普基础设施建设掀起高潮

1. 出台相关政策

2003年4月22日，中国科协、国家发改委、科技部、财政部、建设部联合下发了《关于加强科技馆等科普设施建设的若干意见》（简称《意见》），《意见》提出要充分认识科技馆等科普设施建设的重要意义，并对科技馆等科普设施的建设、管理、利用以及保障措施等三个方面提出了要求。2004年2月，中共中央、国务院印发《关于进一步加强和改进未成年人思想道德建设的若干意见》后，文化部、国家发改委、教育部、科技部、中国科协等12个部门联合印发了《关于公益性文化设施向未成年人免费开放的实施意见》。2004年7月，国务院办公厅转发了由科技部、国家发改委、教育部、财政部联合制定的《2004—2010国家科技基础条件平台建设纲要》。2004年9月1日，科技部印发了《关于开展国家重点实验室公众开放活动的通知》，明确要求"每个实验室每年向公众开放时间不少于10天"。各省、自治区、直辖市也都结合本地实际出台了科普设施的相关政策。这些政策性规定，对于促进科普设施建设和使用，激发公众参与科普设施活动的积极性产生重要作用。

2. 中国科技馆二期建成，新馆立项

为了适应形势和社会需求，1995年中国科协决定启动建设中国科技馆二期工程。2000年4月建成开放时，江泽民同志题词："弘扬科学精神，普及科学知识，传播科学思想和科学方法"。中国科技馆二期新展厅开放，进一步宣传了科学中心理念，极大地推动了各地科技馆的建设，一批地方科技馆陆续建成开放。到2001年底，全国已有24个省、自治区、直辖市建成省级科技场馆，其余省级科技馆也都在建或筹建，其中天津科技馆、上海科技馆、江苏科学宫等都已经具备了较高的规模和水平。

2005年4月1日，国家发改委给中国科协和北京市发改委下达了《国家发展改革委关于中国科学技术馆新馆项目建议书的批复》。中国科技馆新馆项目建设在国家正式立项。国家发改委在批复中同意建设中国科技馆新馆。新馆建设地点位于国家奥林匹克公园东北侧，规划占地面积4.83公顷，新馆总建筑面积10.2万平方米，项目投资10.9亿元。中国科技馆新馆的建设目标是建成主题突出、功能完善的现代化、综合性国家级科技馆。

2005年12月，在科技部、财政部支持下，中国数字科技馆建设正式启动。建设内容包括博物馆、体验馆、资源馆、创意馆、科普专栏和信息服务平台，涵盖自然科学的

各学科以及交叉学科综合科普等领域。

3. 全国科普教育基地建设

全国科普教育基地是由中国科协认定的，依托教学、科研、生产、传媒和服务等资源载体，面向社会和公众开放，具有特定科学技术教育、传播与普及功能的场馆、设施或场所。为充分利用社会科普资源，中国科协于1999年启动全国科普教育基地认定工作，分别于1999年和2004年命名了首批201家和第二批81家全国科普教育基地。

中国科协是全国科普教育基地的宏观指导部门，各部委相关部门、全国学会和省级科协作为推荐单位对全国科普教育基地日常工作予以指导。中国科协对全国科普教育基地实行动态管理，全国科普教育基地的申报认定工作每2年进行一次，有效期限为5年。发展全国科普教育基地是加强科普基础设施建设的重要举措，是推动科普社会化、鼓励社会各界参与和支持科普工作、打造科普平台的有效途径。

科教影视与科普出版空前繁荣

1. 科教影视

1995年以后，电视机成为人们家庭生活中必备的普通生活用品，到2002年，全国有电视机近3亿台，电视机家庭普及率已经达到91.0%左右。全国各省（自治区、直辖市）和地县均建立了自己的电视台，有的经济发达的村镇也自办有线电视台，全国电视覆盖率达98.9%。随着电视技术的发展，原以创作科教电影为主体的"上科影""北科影""农影"三大专业厂，在体制改革中纷纷转制，走上了影视合流和以电视为主的发展之路。中央电视台、地方各电视台也大力加强了科教电视节目的播出力度，电视已成为科学知识、科学思想、科学精神的主传媒。

1995年4月7日，"北科影"归属中央电视台成为"中央电视台科教节目制作中心"（"北科影"保留牌子和部分科教电影创作队伍）。同年12月28日，"上科影"归属上海东方电视台（"上科影"保留牌子和部分科教电影创作队伍）。这两个单位隶属电视台后，发挥了科教片制作的传统优势和电视资源的优势，创作了许多优秀的科教电视节目。

随着科教兴国战略的提出，从中央到地方的各级电视台，又加大了科教节目的播出力度，或新增综合性的科普栏目、科技栏目。中央电视台CCTV-7频道中科教节目占了相当大的份额，如以科教节目为主的农业节目，由农业部主办，中国农业电影电视中心负责制作，每日播出6小时（2001年7月后增加到日播8小时）。中央电视台开办农业科技栏目《金土地》（1996年7月）、《田野》（1997年5月），科教综合性栏目《科技博览》（1997年3月）、《走进科学》（1998年）等。2001年7月9日，中央电视台开办了科教频道CCTV-10，每天播出20多个小时，标志着科教电视进入一个新的历史时期。到2002年底，除中央电视台外，全国有北京、天津、上海、山西、辽宁、吉林、河北、山东、河南、安徽、浙江、广东、广西、四川、贵州等15个省、自治区、直辖市开办了科教电视频道或科教栏目。科教节目已成为各电视台一道亮丽的风景线，成为广大观众获取科技信息、科技知识的重要渠道。

这一阶段，科教电影的生产规模不断缩小。但在国家广电总局及所属电影局的支持下，农业题材的科教片得到政府的保护。1997年，国家广电总局电影局在河北省承德市召开以科教电影为主题的全国短片电影工作会议。这是电影体制改革以后召开的首次全国短片工作会。会议决定，由国家每年拿出一定的资金，扶持科教片的创作。从1995年至2002年，全国共生产科教片242部，其中近90%是农业题材。这些科教片的创作生产水平依然不减当年，在某些领域（如引进三维动画）超过以往的水准。1995年至2001年6年中，有《介入疗法》（"北科影"）、《都江堰》（"上科影"）、《新梨新法巧栽培》（"农影"）等23部科教片获中国电影"华表奖"，《宇宙与人》（"北科影"）等7部影片获中国电影"金鸡奖"最佳科教片奖。《水稻抛秧技术》（"农影"）、《种子正传》（"北科影"）等14部影片在国际各类电影节上获奖。

2000年和2002年，我国还成功举办两次"北京国际科教电影电视展评研讨会"。该研讨会由中国科协主办，国家广电总局协办，中国科教电影电视协会、北京广播学院、武汉电视台承办。2000年的展评研讨会，有美国、英国、法国、德国、意大利、日本等21个国家的73个制片单位参加，206部作品参评，22部作品获奖。其中，我国"北科影"的《宇宙与人》获科普类银奖。2002年的展评研讨会，有18个国家80多个创作单位参加，232部作品参评，27部作品获奖。其中我国"北科影"的《消失的大河桥》获评委会特别奖，中国教育电视台的《车轮与圆》获青少年教育类的金奖。两次北京国际科教电影电视展评研讨会评出的获奖作品，代表着当今科教电影电视的世界最高水平。展评研讨会的召开，促进了国际科教影视界在节目创作、理论学术、制作技术、传播方式上的交流，扩大了中国科教影视的国际影响，增强了科教影视对社会公众的吸引力、影响力，推动了世界科教影视的进一步发展。

2. 科普出版

自1995年以来，科普图书出版工作走出低谷，不但原创科普图书有所创新，而且大量引进出版了国外优秀科普著作，尤其欧美译著大量出版。1996年美国《大众科学》引入中国，与中国科协合作，《科技新时代》创刊；1998年，中科院科学出版社同法国第二大传媒集团版权合作，创刊《Newton科学世界》；2000年，美国IDG公司与机械研究院合作，创刊《大众机械师》；2002年《科学美国人》的版权正式签约，接着美国迪斯尼公司与天津科技出版社合作，创刊《科学与生活》，随后法国的*Science and Life*相继引入中国。仅2001年出版引进图书就达456种。《时间简史》和《皇帝新脑》等再版都在10次以上，引进版科普图书仅2000年发行就达30多万册。

1999年，我国顶尖科学家行动起来，为科学普及工作贡献自己的力量。跨世纪的科普出版工程"院士科普书系"在北京正式启动，有约176名两院院士和出版社签订了出书协议。这么多院士动手撰写科普书籍，在我国尚属首次。这一工程由中国科学院学部联合办公室、中国工程院学部工作部和科学时报社共同策划、组织"两院"院士撰写，由清华大学出版社、暨南大学出版社联合出版，计划投资1000万元。中国科学院院长路甬祥担任编辑委员会主任，周光召、宋健、朱光亚任名誉主任。2000年春节前，这套书系的首批100本科普书籍与读者见面，每本12万字左右，图文并茂。其他书籍也分批陆续出版。书系的选题都是世界科学前沿和我国经济社会发展的热点问题，如《21世纪的100个科学难题》《21世纪产业走向》《神奇的表面工程》《会飞的金属——轻金属》等。

科普研究发挥重要作用

1. 中国公民科学素质调查的发展

早在1989年，中国科协管理科学研究中心研究人员张仲梁，从中国科学院的研究人员手中得到了美国的科学素质调查问卷，出于对公众理解科学这类问题的兴趣，他利用中国科协遍布全国的组织网络，进行了第一次中国公民的科学素质调查。这次调查为今后中国公民科学素质的研究奠定了可操作性的基础。调查内容包括了公民对科学技术的态度、对科技人员和科学技术团体及机构的看法，以及公民的科学素养状况等全部美国问卷涉及的内容，并对部分内容进行了适合中国情况的修改（如：问卷问到"水稻之父"、国家科委主任、科学院院长、科协主席等问题）。调查通过PPS抽样，选取了150多个地方区（县）级科协（科委），发放6000余份调查问卷，并在各全国学会补充调查约500份问卷，最终回收有效问卷4800余份。虽然这是一次非官方的调查，但调查取得了丰富的数据和初次实验的成果。1991年8月，基于1989年调查的分析结果，中国科学技术出版社正式出版了中国这个领域研究的第一套书：（1）《中国公众科学技术素养》（张正伦主编）；（2）《中国公众对科学技术的态度》（张仲梁主编）；（3）《中国科学技术界概观》（张仲梁、鲍克主编）。张仲梁先生率领的研究团队也成为中国公民科学素质调查研究的奠基人。[①]

20世纪90年代的三次调查　1991年春节期间，中国科协国际部派李大光（当时为中国科普研究所研究人员）和蔡德诚（原《科技导报》常务主编）赴美国芝加哥参加1991年美国科促会年会，这是中国学者第一次正式参加这个领域的国际会议。会议期间，中国学者与英国公众科学素养调查负责人、英国科学和工业博物馆馆长约翰·杜兰特（John Durant）和其他一些参加过相关调查的专家进行了深入交流，认真了解了调查的基本理论、理论讨论中的各种观点、调查指标形成的过程和指标体系中的相互关系。在这次会议上收获了很多资料，其中包括美国学者米勒（Jon D. Miller）早期对美国青少年科学素养的调查和

---

① 何薇：《公民科学素养研究在中国的十九个春秋》，《科普研究》，2008年8月第4期。

对成人的调查等方面的报告。

当时国内学者认为，深入了解米勒1990年的调查报告内容对于开展我国的调查研究是非常重要的。1991年，米勒的《1990美国公众科学素养调查报告》由李大光进行了全文翻译，译文刊登在《科普研究》（1991年5月）上，全文约11万字。这个报告成为当时中国进行科学素养研究及调查的主要资料和参考文献，对中国科学素养研究产生了重要的影响。①

为了解我国公众的科学素养状况，开展更有效的科普活动，1992年，在国家科委支持下，中国科协进行了第一次中国公民科学素质调查。

1992年的调查结果"中国公众的科学素养和对科学技术的态度"收录进1992年《中国科学技术指标》（科学技术黄皮书第一号），"中国公众对科学技术的理解与态度"收录进1994年《中国科学技术指标》（科学技术黄皮书）。此后，每次的调查结果都以一章的篇幅收录进《中国科学技术指标》（科学技术黄皮书）。

1994年，中国科协和国家科委的有关部门组织了第二次"中国公众与科学技术抽样调查"，调查首次关注了少数民族群体的状况。调查结果"公众的科学素质和对科学

---

① 何薇：《公民科学素养研究在中国的十九个春秋》，《科普研究》，2008年8月第4期。

技术的态度"也收录进1996年的《中国科学技术指标》（科学技术黄皮书）。报告对1994年和1992年调查结果进行了简要的比较，描述并分析了少数民族的科学素质状况及其对科学技术的态度。

1996年，中国科协和国家科委共同开展了第三次全国调查，调查问卷增加了公众对经济学基本知识（如自由贸易、市场经济）的理解和公众的迷信状况等内容。调查结果"公众的科学素养和对科学技术的态度"收录进1998年的《中国科学技术指标》（科学技术黄皮书）。报告对我国1992年、1994年和1996年公众科学素质及其对科学技术的态度的状况进行了对比分析，并从对科学概念的理解和对科学技术的态度两方面进行了国际对比分析。

进入21世纪的三次调查　进入21世纪，中国科协先后于2001年、2003年、2005年开展了3次中国公民科学素质调查，取得重要成果。2001年，经国家统计局批准，中国科协进行了中国第四次"中国公众科学素养调查"。

从1996年开始，我国专家学者就着手根据各国进行科学素质研究的状况和中国的具体情况，设计符合中国社会条件的调查方式。经过仔细思考和与各国专家的交流，一些专家学者提出了建立中国公民科学素质变化观测网的调查研究方案。建立观测网主要基于以下思考：建立一个相对固定的调查观测网络，可以培养出一支理解此项研究的调查员队伍；可以得到各省、自治区、直辖市科协及基层科协组织的支持，提高工作的效率。2000年6月，中国科协批准建立中国公民科学素质变化观测网，并于2001年建成使用。为了保证调查质量，中国科协特别邀请中国人民大学统计学系，参与调查的抽样、调查员培训和数据统计分析等技术支持工作。这个观测网的建设不仅保证了调查队伍的相对稳定和调查质量的提高，同时带动了科协系统调查研究的风气，使科协科普研究的整体素质发生了变化。从这个意义上说，调查所产生的效应远远不在调查本身[①]。

基于2001年调查的设计要求，按照分层四阶段不等概率PPS抽样建立了中国公民科学素质变化观测网，在全国共设立了201个观测点，确定样本量8520个。观测网的建立使得中国公民科学素质的研究，由过去的感性或单纯的典型分析进入到应用社会学研究方法进行系统分析的重要阶段。观测网在调查和研究公民科学素质水平发展变化的同时，也密切跟踪并发现影响公民科学素质变化的各种因素（包括政治、经济、教育、文化、科技、媒体等）。观测网的建立为顺利进行后期的调查打下了很好的基础。

培养一支有力的调查员队伍，是开展好调查工作的关

---

① 李大光：《“公众理解科学”进入中国15年回顾与思考》，《科普研究》，2006年4月第1期。

键。为此，在2001年观测网建立之初，中国科协对各观测点的调查员进行了集中培训，第一届培训班共培训全国201个观测点的调查员300余人次。培训班邀请国家统计局的相关领导、中国人民大学统计学系教授、公民科学素质研究学者授课，内容涉及统计法规及职业规范、抽样调查的理论、入户调查规程等调查员必须掌握的理论和技巧。2003年的第二届培训班共培训了调查员280余人次，增加了抽样技术及应用方法等内容，培训课程更加生动实际。通过上述培训，建立了调查员跟踪体系，能够及时了解调查员的工作、解答调查员的疑问、发放调查员手册和工作简报，并在调查结束后对优秀调查员进行表彰奖励。

2005年开展全国调查时，约有1/3的省、自治区、直辖市要求开展本地区的公民科学素质调查。为了进一步可持续地开展全国和地方的调查工作，2005年在原有调查员培训的基础上，进行了省（自治区、直辖市）级调查员师资的培训，统一制作了培训光盘，使得各省（自治区、直辖市）都能够单独开展本地区的调查员培训。根据调查追踪结果统计，2005年调查结束后，观测网一共直接和间接培训了能够胜任入户调查工作的调查员2000余人，其中有近50人能够进行基本的数据统计和分析工作，有11人已经能够主持本省的抽样调查工作。

从20世纪90年代初开始，受全国公民科学素质调查的

启迪，许多省（自治区、直辖市）纷纷在自己的辖区内进
行了一定规模的科学素质调查。上海市是最早开展科学素
质调查的城市。1993年，上海市独立开展了全市范围的第
一次公民科学素质调查。随后，上海市又分别于1995年、
1997年、1999年、2002年和2005年进行了5次全市的公民
科学素质调查，大体上两三年开展一次。北京市是全国第
二个开展全市范围公民科学素质调查的城市，分别于1997
年、2002年组织进行。山东、湖北、云南、浙江、江苏、
辽宁等省开展调查时间相对较晚，在2001—2003年才开
展了各自首次全省范围的调查，并于2005年完成了各自省
份的第二次调查。受以上省份调查热潮的影响，在2005年
前后，湖南、福建、重庆、海南、贵州、陕西、河北、广
西、四川等省（自治区、直辖市）陆续开展了各自辖区的
首次公民科学素质调查，使开展此项工作的省（自治区、
直辖市）达到全国省（自治区、直辖市）的一半以上，标
志着国家及各地方政府对公民科学素质的重视程度达到了
一个新的阶段。

2. 国际学术交流

2000年11月6日，由科技部、中国科协、中国科学
院、国家自然科学基金委员会共同主办的"2000年中国国
际科普论坛"在北京开幕。中共中央政治局常委、国务院

副总理李岚清在中南海会见了出席2000年中国国际科普论坛的代表。全国人大常委会副委员长、中国科协主席周光召、中国科学院院长路甬祥、中国科协书记处书记张玉台、科技部副部长马颂德、国家自然科学基金委员会主任陈佳洱、诺贝尔物理学奖获得者莱昂·莱德曼教授（Leon Lederman）、美国西北大学米勒教授等参加了开幕式。

全国人大常委会副委员长、中国科协主席周光召在开幕式上讲话，介绍了我国开展科普的现状以及基本做法后指出，我国的科普事业任重道远，在新的历史时期，将加强以下几方面的工作：（1）坚持不懈地弘扬科学精神，普及科学知识，传播科学思想和科学方法。（2）组织和动员广大科技工作者积极投身科普事业。（3）加强科普的媒体和设施建设。（4）加强国际科普交流与合作。他说，中国面向公众的科普工作已经走过近半个世纪的历程。近年来，更把科普工作作为实施"科教兴国"战略和"可持续发展"战略、提高全民科技素质的关键措施。目前，中国的科普工作已经形成政府大力推动、科技工作者积极参与，社会各方广泛支持的良好氛围。来自世界各个国家和地区的40余位科学家、科普专家与200多名国内学者会聚北京，在四天的会议里，相互交流各国在科学技术传播方面研究的最新成果和实践经验，共同研讨面向新世纪的科普研究及科普实践的发展趋势。多位知名国际科普专家作了报告。其中，美国西北大学米勒教授的报告为《全球公众生物医学素养状况》，诺贝尔物理学奖获得者莱昂·莱德曼教授的报告为《一个尝试向公众传授科学的物理学家》，美国《科学》杂志主编艾利斯·鲁宾斯坦（Ellis Rubinstein）的报告为《科学报道的未来展望》。此次论坛是重要的科普盛事，它在提高中国从事科普工作人员的理论和实践水平，从而对提高中国公民素质和实施"科教兴国"战略方面具有重要意义。[①]

2005年7月，由公众科学和技术传播组织（Public Communication of Science and Technology Network，以下简称PCST）举办的公众科技传播国际会议在北京召开。公众科技传播国际会议，每两年举办一次，是国际科技传播领域规模和影响最大的学术会议，在推动国际科技传播事业发展方面有举足轻重的影响。

北京公众科技传播国际研讨会的举办，是国际公众科技传播网在两年一度的会议期间举办中期活动的首次尝试，是国际公众科技传播网历史性的新拓展。来自公众科技传播领域的专家学者、科普机构和组织的代表会聚北京，在对科技传播活动的目的和意义达成共识的基础上，

---

① 《公众理解科学：2000中国国际科普论坛》，《公众理解科学：2000中国国际科普论坛》编委会，中国科学技术大学出版社2001年版，第1—3、321—319、302—309、310—320页。

共同关注科技传播中的策略问题，研究如何对公众进行更有效的科技传播。经过国际评审委员会评审而被本次研讨会接受的95个案例来自20个国家，是各国针对农民、城市居民和青少年进行有效的科技传播，动员科学家或科研院所、科学团体参与科技传播等方面的成功经验与理论思考，反映了当时国际公众科技传播发展的水平。

中国科协党组书记邓楠在北京公众科技传播国际研讨会开幕式上致辞。她说"中国十分重视公民科学文化素质的提高，也十分重视科技传播对于促进公众科学文化素质提高的作用。中国政府把提高全民族的思想道德素质、科学文化素质和健康素质作为全面建设小康社会的重要目标之一"；并希望"与会各国代表能更多地了解中国在科技传播领域所进行的探索和努力，使中国能够为世界科技传播事业做出积极的贡献"。

此次研讨会是国际公众科学和技术传播组织自1989年成立以来首次在亚洲举办的活动，也是科普方面在中国召开的第一个国际组织的系列性会议，对于中国科普事业的国际合作和开放式发展意义深远。

六、为建设创新型国家做贡献的科普事业 （2005—2019）

21世纪以来，世界科技领域充满生机，成果层出不穷，宇宙、物质结构、生命科学与生物技术、信息与通信技术、纳米材料与技术、能源与环境、航空航天等七大领域都得到迅速发展，令公众目不暇接；新一轮科技和产业变革深刻改变着当今世界发展的战略走向和竞争格局，深刻影响着人类生产生活方式和社会治理方式，为科普带来了更多更新的课题；信息技术的发展为科普事业提供了更多的机会。但是在我国乃至于全世界，科学技术与社会的发展也带来了诸多民生问题，如饮食安全、环境污染、气候变化以及病毒侵袭等问题直接危害到了公众的健康，引发了公众的恐慌。在这种情况下，科普不可避免地担当起让公众理解科学、平息谣言的责任。科学技术与社会等多方面的发展所带给公众的希冀和可能性如此之多，既为科普提供了素材、机会和平台，但也带来了更多的挑战。面临着形势的改变，科普必然会做出调整。

2006年1月，为抓住21世纪前20年发展的重要战略机遇期，党中央、国务院召开了全国科学技术大会，作出了《关于实施科技规划纲要、增强自主创新能力的决定》，提出了建设创新型国家的重大战略任务，并发布了《国家中长期科学和技术发展规划纲要（2006—2020年）》（以下简称《规划纲要》）。《规划纲要》对我国未来15年的科学技术普及工作做出了重要部署，明确了新时期的科普工作以促进人的全面发展为目标，以弘扬科学精神、宣传科学思想、推广科学方法、普及科学知识为主要任务，以加强国家科普能力建设、建立科普事业的良性运行机制为重点，不断提高全民族科学文化素质，营造有利于科技创新的社会环境。2006年2月，国务院又发布实施《全民科学素质行动计划纲要（2006—2010—2020年）》（以下简称《科学素质纲要》）。《科学素质纲要》对未来15年提高我国公民科学素质工作做出了具体部署，明确了方针目标、重点人群科学素质行动、基础工程、保障条件及工作机制。这一时期的科普工作以推进《科学素质纲要》的实施为主线，努力提高重点人群科学素质，大力加强基础工程建设，取得了丰硕成果。《科学素质纲要》的颁布实施极大地调动了各地区、各部门和社会各方面开展科普工作的积极性，形成了前所未有的大联合、大协作推动科普工作的局面。

《科学素质纲要》颁布实施

1999年，中国科协启动《科学素质纲要》的起草制定工作。这项工作历时近7年，在党中央、国务院的高度重视和直接指导下，在中央有关部委和社会各界的共同努力下，中国科协圆满完成《科学素质纲要》的编制起草工作。2006年2月6日，国务院正式发布实施《科学素质纲要》。

1.《科学素质纲要》的产生

《科学素质纲要》的产生是基于我国基本国情，即党的十五大所提出的我国正处于并将长期处于社会主义初级阶段。劳动者科学文化素质偏低，导致我国产业技术水平不高，与我国现代化建设的需求极不适应；愚昧迷信和反科学、伪科学活动仍较为盛行，成为制约我国经济发展和社会进步的瓶颈之一。

美国的2061计划和一些发达国家的做法为我国通过制定实施长远的规划，对公民科学素质建设作出全面部署，从而更好地为全面建设小康社会和实现现代化建设第三步战略目标打下雄厚的人力资源基础提供了有益的借鉴。

《科学素质纲要》在中央的直接指导和领导小组各成员单位密切配合下，在科技、教育等各方面专家积极支持参与下完成。《科学素质纲要》内容丰富，涵盖面广。首先明确了科学素质内涵：第一，公民具备基本科学素质一般指了解必要的科学技术知识，掌握基本的科学方法，树立科学思想，崇尚科学精神，并具有一定的应用它们处理实际问题、参与公共事务的能力；第二，提出了"政府推动，全民参与，提升素质，促进和谐"16字的指导方针；第三，在确立长远目标（21世纪中叶）的基础上，提出了中期（2020年）和近期（2010年）的阶段性目标；第四，确定了提升四个重点人群"未成年人、农民、城镇劳动人口、领导干部和公务员"科学素质的主要行动；第五，提出了科学教育与培训基础工程、科普资源开发与共享工程、大众传媒科技传播能力建设工程和科普基础设施工程四项基础工程；第六，明确了保障条件和组织实施的相关内容。可以说，《科学素质纲要》凝聚了各方面的智慧和心血。

2.《科学素质纲要》的组织实施

根据《科学素质纲要》的要求，全民科学素质工作领导小组成立并领导《科学素质纲要》的实施工作。2006年3月31日，陈至立国务委员主持召开了领导小组第一次会议，审议通过了《领导小组工作规则》和《纲要实施方案》，并作了讲话，对纲要实施工作提出明确要求。根据领导小组要求，办公室制定印发了《2006年领导小组工作要点》。至此，国务院的全民科学素质工作的组织机构、工作制度基本完成。2006年5月26日，在中国科协第七次全国代表大会闭幕式的实施动员大会上，陈至立国务委员讲话，全面启动《科学素质纲要》实施工作。

按照国务院全民科学素质工作领导小组的总体部署，中国科协认真履行纲要办公室的职责，对公民科学素质建设工作进行了任务分解，确定了9项主要任务，明确牵头部门和责任部门，推动各成员单位制订实施工作方案、落实各项任务。中组部和人事部牵头制订了《2006—2010年领导干部和公务员科学素质行动实施工作方案》，教育部和共青团中央牵头制订了《未成年人科学素质行动实施方案》，农业部和中国科协牵头制订了《农民科学素质行动实施工作方案》，劳动保障部和全国总工会牵头制订了《2006—2007年城镇劳动人口提高科学素质行动方案》，中宣部牵头制订了《大众传媒科技传播能力建设工程实施方案》，教育部和人事部牵头制订了《科学教育与培训基础工程实施方案》，中国科协和科技部牵头制订了《科普资源开发与共享工程实施方案》，中国科协牵头制订了《科普基础设施工程实施方案》，科技部牵头制订了《政策法规、队伍建设与监测评估工作实施方案》。有些部门还结合自身实际制订工作方案，如中国科学院印发了《中国科学院科学传播中长期发展规划纲要（2006—2020年）》，国家林业局印发了《全国林业从业人员科学素质行动计划纲要（2006—2010—2020年）》。与此同时，各级人民政府也建立了本级全民科学素质工作领导小组。各级领导小组大都建立了相应工作机制，形成工作制度并制订总体实施方案。《科学素质纲要》领导体制的建立健全和工作任务的分解落实，充分体现了大联合、大协作的工作方式、工作机制，有力推动了《科学素质纲要》的贯彻执行。

2008年3月，在国务院机构改革的大背景下，《国务院关于议事协调机构设置的通知》文件下发，全民科学素质工作领导小组不再保留，相关工作交由中国科协承担。

重点人群科学素质行动扎实推进

2006年以来，按照《科学素质纲要》确定的"四大重点人群"的目标任务，各部门、各地区根据重点人群的特点和需求，有针对性地开展科普工作。

1. 实施青少年科学素质行动

该行动旨在提高青少年对科学的兴趣，增强创新意识和实践能力。在此行动下，相关部委和行业开展了很多旨在提高青少年科学教育的项目或活动，并逐渐产生了社会影响。

青少年科学调查体验活动 该项活动始于2006年，由中央文明办、中国科协、教育部、国家广电总局、共青团中央等单位共同举办，是一项以培养青少年科学兴趣、提高科学探究能力、增强创新意识和实践能力为目标，以科学调查、科学体验和科学探究为主要内容和形式的普适性科普活动。活动每年围绕特定主题，涉及科技发展、环境保护、可持续发展等，如2006年以来，活动已经分别以"节能在我身边""节水在我身边""节粮在我身边""节约纸张、保护环境""我的低碳生活"等为主题开展活动。青少年科学调查体验活动参与人数逐年递增，活动覆盖面和影响力不断扩大，被教育部列为"圆梦蒲公英"暑期主题实践活动内容。自2018年起，青少年科学调查体验活动设置固定活动主题："体验科学快乐成长"。活动主题下设置"能源资源""生态环境""安全健康""创新创意"4个活动领域，各活动领域下设置若干推荐活动，学校及学生可以自主选择感兴趣的推荐活动参加调查体验。

科技馆活动进校园 2006年6月，中央文明办、教育部和中国科协共同向全国的科技场馆和中小学发起了"科技馆活动进校园"活动，旨在促进未成年人校外场所教育功能的发挥，满足学校科学教育课程改革的需要，降低区域间科普资源分布不均衡的状况。项目主要内容包括：开发实施科技场馆教育活动以增强青少年的参观体验；整合并利用科技场馆的设施、学科专家和活动资源，为学校科学课程、综合实践课程和研究性学习提供支持和服务；为科研机构、企业参与青少年科学教育提供机会和渠道；开展校内外科技教育工作者能力建设工作。2010年5月，中央文明办、教育部和中国科协的有关部门共同发布了《2010—2012年"科技馆活动进校园"试点工作方案》，并通过申报、遴选和评审，正式确立了全国15个省、自治区、直辖市36个示范推广区，在19所科技场馆开展深化试点工作，推动了科技场馆与学校科学教育资源的衔接。

青少年高校科学营活动　为充分发挥高等院校在提高青少年科学素质方面的重要作用，促进高校科普资源的开发开放，2012年，全国青少年高校科学营试点活动正式启动，为高校开展公益性科普活动探路，并于当年在41所高校实施。之后每年的暑期，项目还资助海峡两岸及港澳地区万余名对科学有浓厚兴趣的优秀高中生走进重点高校、企业、科研院所，参加为期一周的科技与文化交流活动。学生走进国家重点实验室和企业研发中心，聆听名家大师精彩报告，参加科学探究及趣味文体活动等。高校科学营湖北营作为其重要组成部分，已形成拥有5个科学营地、数量排名全国前三的稳定格局。高校科学营活动由中国科协、教育部共同主办，中国科学院作为支持单位。教育、科研、科普三个部门的结合是高校科学营活动实施主体的鲜明特色，有效地整合了高校和科研院所的科研资源、中小学的生源和师资、科协系统的组织管理力量。[①]

太空授课科技活动　为了让广大青少年朋友一起去感知、探索神奇而美妙的太空，获取知识和快乐，2013年，中国女航天员王亚平在中国首个目标飞行器"天宫一号"上为中小学生授课，成为中国首位"太空教师"。这是中国科协与教育部、中国载人航天工程办公室共同主办的"'神舟十号'航天员太空授课活动"。为做好太空授课的筹备工作，从2012年11月至2013年1月，中国科协青少年科技中心邀请20多位科技教育专家和科普专家成立太空授课方案编写组，历时3个多月，反复论证与修改完善授课方案论证、内容设计、授课脚本制定等一系列工作，最终授课方案获得批准。2013年6月20日上午，太空授课活动正式举行，由"神舟十号"女航天员王亚平担任主讲，指令长聂海胜辅助授课，航天员张晓光担任摄像师。活动过程中，3名航天员按照既定的授课方案分别进行了质量测量、单摆运动、陀螺、水膜和水球等实验，展示了失重

---

① 中国科普研究所青少年高校科学营全国管理办公室：《青少年高校科学营发展报告（2012—2016）》，清华大学出版社2017年版，第4页。

环境下物体运动、液体表面张力特性等物理现象，并通过视频通话形式与地面课堂师生进行了互动交流。全国 8 万多所学校 6000 多万名中小学生以及广大社会公众通过电视直播和互联网同步收看了授课内容。生动的实验内容和通俗易懂的讲解，让学生们直接形象地感受到航天科学的魅力，激发了青少年朋友热爱科学、探索宇宙的梦想。6 月 24 日上午，习近平总书记在北京飞控中心同正在"天宫一号"执行任务的 3 位"神舟十号"航天员天地通话中说："你们为全国的中小学生举行了太空授课，很有意义，这对于他们培养崇尚科学、探索太空奥秘的兴趣，会起到很好的作用。"

中学生科技创新后备人才培养计划 2013 年，中国科协、教育部在全国部分重点高校开展了中学生科技创新后备人才培养计划（简称"英才计划"）试点工作。该计划的主要任务是选拔一批品学兼优、学有余力，具有创新潜质的中学生走进大学，在自然科学基础学科领域的著名科学家指导下参加科学研究项目、科技社团活动、学术研讨和科研实践等活动。在为期一年的培养过程中，感受名师魅力，体验科研过程，激发科学兴趣，提高创新能力，树立科学志向。2013—2014 年度，"英才计划"试点工作在全国 15 个城市的 19 所重点高校实施，培养 583 名优秀中学生。2015 年，试点高校增加到 20 所（新增中国科学院大学），共培养576名优秀中学生。

2. 实施农民科学素质行动

为贯彻落实《科学素质纲要》中农民科学素质行动的目标和任务，2006年，农业部和中国科协作为牵头部门，与中央组织部、中央宣传部、教育部、科技部等19个部门成立了农民科学素质行动协调小组（"十三五"时期增加至24个部门），组织实施农民科学素质行动。在协调小组的领导下，所有成员单位充分履行各自职能，发挥自身优势，组织开展了科技列车西部行、科普惠农兴村计划等项目。

农村中学科技馆公益项目　2012年，我国首家专门致力于促进全国科技馆事业可持续发展的公募基金会"中国科技馆发展基金会"发起农村中学科技馆公益项目。项目得到正大环球投资股份有限责任公司和新时代证券有限责任公司的支持，旨在通过建设公共科普设施为公众提供基本的科普服务，通过科技馆互动体验式的学习，鼓励当地学生大胆设计制作自己的创意作品。整体来看，基金会用较少的资金，拉动了政府配比投入，带动了多方共同参与，不仅激发了农村教师的上课热情，还扶持了展品生产企业业务能力的发展。这样的项目模式，其效果超出了所投入资金本身的范围，使得这个科普生态逐步激活。项目不仅填补了农村科普"最后一公里"的空白，也弥补了我国科普资源分布不均的问题。①

科技列车　为适应农村经济形势发展的客观需要，科技部联合国家民委、国土资源部、卫计委、国家粮食局、中国科协等多个部门和地方政府，于2004年启动科技列车西部行，先后开进了井冈山区、陕北老区、武陵山区、赣南苏区、秦巴山区、乌蒙山区、青藏高原……自启动以来，每年5月，科技列车都开往老少边穷地区，推广先进实用技术，建立农村科普基地，促使他们形成科学文明的生活方式。每次科技列车行动中，村民最需要的是实用技术专家，活动通过农业专家为村民解决实用种植技术等问题，村民与专家之间能够迅速建立信任关系。科技列车行所开展的课程也吸引了大批村民，为村民致富奠定了技术基础，并培养了一批区域性支柱产业、乡土科技人才和科技致富带头人。科技列车西部行活动解决了农村科普"最后一公里"的问题。它将人力物力资源统一整合调配，科技列车的所到之处，就等于是把一座科技馆、一所农业大学和一座医院搬到了那里。科技列车已经承载了推进新农村建设的重大使命。

---

① 范家旭：《简谈农村中学科技馆公益项目的实践与思考》，《中国科普理论与实践探索——第二十三届全国科普理论研讨会论文集》，科学普及出版社2016年版，第50页。

"绿色证书工程"培训与"三进村"　农业部从1994年开始在全国组织实施"绿色证书工程"，农民达到从事某项工作岗位要求具备相应基本知识和技能后，就可获得经当地政府认可的从业资格凭证。2006年，"绿色证书工程"与农业部农民科技教育培训中心（中央农业广播电视学校）组织实施的"三进村"行动携手，每年培养具有中等及以上学历的实用人才及绿色证书学员。"三进村"是指推进培训教师进村、媒体资源进村和人才培养进村。具体指的是：组织专兼职培训教师进村，开展实用技术培训和现场技术咨询；进村播放广播电视等，向农民传播农业科技知识、党的富民政策和市场信息；进村举办学历班和培训班，培养农民骨干和农村实用人才。这两项工作的互相结合与促进，已为农村培养了一大批农民技术骨干和致富带头人，推动了项目村的主导产业发展。

中国农函大　创立于1985年的中国农函大，多年来致力于通过科技培训的力量带领农民走上致富道路。从2006年起，中国农函大适应农村新形势，在教育培训发展的理念上发生转变：实现由过去总校直接注册、收费办学的方式向公益性和主要对各地农函大提供服务、指导的方向转变；由过去自成体系、独立办学模式向与社会各界联合、共同开展农民培训的社会化办学方向转变；由过去总校统一组织编写教材向总校统编素质教育类教材，与各省农函大合作编写科普、实用性教材和市、县分校自编乡土教材的方向转变。转变后的中国农函大教育培训工作具备更强的针对性，更直接地为"三农"服务。

科普惠农兴村计划 为充分调动全社会开展农村科普工作的积极性，激发广大农民学科学、用科学的积极性和创造性，2006年，中国科协、财政部联合启动实施"科普惠农兴村计划"，中央财政设立"科普惠农兴村计划"专项资金，对全国范围内有突出贡献的、有较强区域示范作用的、辐射性强的农村专业技术协会、农村科普示范基地、农村科普带头人、少数民族科普工作队等先进集体和个人进行表彰奖励。通过以点带面、榜样示范的效应，建立动员全社会力量开展农村科普工作的长效机制，开拓创新农村科普工作，逐步建立完善适应农村特点、满足农民科技需求的科普工作新体系。党中央、国务院非常重视"科普惠农兴村计划"，将其两次写入中央一号文件。2012年起，中国科协、财政部决定在实施"科普惠农兴村计划"的基础上，拓展工作范围和内容，将科普示范社区纳入奖补范围，并将其与"社区科普益民计划"合并为"基层科普行动计划"。"科普惠农兴村计划"已经在全国树立了一批农村专业技术协会、农村科普示范基地、少数民族科普工作队和科普带头人的典型。

农业科技入户示范工程 2005年，农业部正式启动实

施"农业科技入户示范工程"，探索建立"科技人员直接
到户，良种良法直接到田，技术要领直接到人"的农技推
广新机制，有效解决了农技推广"最后一公里"的问题。
在农业科技入户示范工程取得成效的基础上，农业部、财
政部从2009年起，共同组织实施了"基层农技推广体系
改革与建设示范县项目"。该项目的实施，进一步推进构
建职能明确、机构完善、队伍充实、保障有力、运转高效
的基层农技推广体系，完善"专家组—技术指导员—科技
示范户—辐射带动农户"的农业科技成果转化应用快速通
道，建立县、乡、村农业科技试验示范网络。

农业科普信息化 随着农业科普的信息化，农业科技
推广采取多媒体融合的形式，已有一些地方进行了成功
实践。2005年9月，宁夏回族自治区开始建设"农业科技
110"信息服务系统。"农业科技110"运用先进的科技
和便捷的交通手段，利用电话服务系统、呼叫中心视频系
统、智能化农业专家系统作为重要技术手段和支撑，以各
类专家、技术人员和农村科技人员为技术保障开展科技服
务。2008年，宁夏回族自治区依托信息化建设，建成集视
频、语音和网络信息多种服务功能为一体的"三农呼叫中
心"，整合了相关企业、科技110、农业12316、"农业新
时空"、视频服务等宁夏各种涉农资源，为开展农民科技
培训提供了新的途径。"三农呼叫中心"突出了三大服务

功能：一是农业生产全过程的在线技术服务；二是信息服务；三是技术、专利等科技资源与产权交易服务。自此，信息化已经成为农村科普的重要手段。

3. 实施城镇居民和劳动者科学素质行动

《科学素质纲要》颁布以来，通过实施城镇居民和劳动者科学素质行动，结合城镇不同人群的需求差异，相关部委开展了在岗培训、继续教育、健康安全教育等培训，组织了职业技能比拼等各类活动。

"春潮行动" 2014年，人力资源和社会保障部印发《农民工职业技能提升计划——"春潮行动"实施方案》，正式启动"春潮行动"，并明确到2020年，力争使新进入人力资源市场的农村转移就业劳动者都有机会接受一次就业技能培训；力争使企业技能岗位的农村转移就业劳动者得到一次岗位技能提升培训或高技能人才培训；力争使具备一定创业条件或已创业的农村转移就业劳动者有机会接受创业培训。"春潮行动"实施的重点对象是农村新成长劳动力。①

全国职工职业技能大赛 为提高职工技术素质，加快知识型、技术型、创新型技术工人队伍建设，推动技术工

---

① 孙兴伟：《人社部：启动农民工技能"春潮行动"》，《人才资源开发》，2014年第6期。

人成为创新驱动发展的重要力量，2015年，中华全国总工会与科学技术部、人力资源和社会保障部、工业和信息化部共同举办了第五届全国职工职业技能大赛。以焊工、加工中心操作工、数控机床装调维修工、计算机程序设计员、动画绘制员5个比赛工种为重点开展的技能大赛决赛于10月12日至11月8日分别在北京、株洲、杭州举行。在大赛的带动下，各地举办了更多其他工种的技能大赛。2018年，第六届全国职工职业技能大赛正式启动。本届大赛设置了钳工、焊工、数控加工中心操作工、数控机床装调维修工、网络与信息安全管理员、砌筑工等6个工种，各类企事业单位一线在职职工均可报名参加大赛。全国职工职业技能大赛是国家级一类大赛，自2003年开始举办，已成为全国规模最大、社会影响最广的一项职工职业技能赛事，大批优秀技术工人在大赛中脱颖而出。

职工书屋　2008年1月18日，全国总工会向各省（区市）印发《中华全国总工会关于开展全国"职工书屋"建设的实施意见》，全国工会职工书屋建设正式启动。全国总工会每年在全国扶持建设上千家职工书屋示范点，新建示范点数继续增加，并陆续为往年已建示范点补充图书，同时推动各地工会相应配套投入。全国工会职工书屋建设10周年之际，电子职工书屋进一步在各地开通，意在普惠广大职工。2018年，河北省总工会、西安市总工会、北京地铁等各级工会组织纷纷依托全国工会电子职工书屋阅读系统为本地或本单位职工提供丰富的文化资源。电子职工书屋阅读系统集阅读网站、App、微信端、数字一体机等多种软硬件终端于一体，拥有不断更新丰富的图书、期刊、有声书等精品阅读资源，满足广大职工数字化阅读需要。

节能环保主题科普活动 2006年通过的《国民经济和社会发展第十一个五年规划纲要》中首次提出节能减排的思想，"节能减排科普行动"成为"节能减排全民行动"的重要组成部分，以节能环保为主题的科普活动成为城镇生活的重要内容。2006年起全国科普日活动多次以"节能""低碳"为主题，在城镇居民中广泛开展了相关科普活动。2006—2008年，环保部会同教育部、全国妇联等部委积极开展绿色学校、绿色家庭、绿色社区等绿色创建系列活动，加大面向社区居民和青少年的环境科学知识、环境意识教育的培训力度，重点指导了全国14个省份的24个城市共36个社区的环境圆桌对话项目。2009年6月，中国社会科学院发布的《城市蓝皮书：中国城市发展报告（NO.2）》第一次正式提出"低碳"一词，同年12月，哥本哈根世界气候大会的召开掀起了低碳科普的热潮，中国科协等有关部门开展了"低碳生活进社区"系列活动，使观众在轻松愉快的气氛中学习低碳知识。2010年5—10

月上海世博会的成功举行，科技力量的完美展现，以及人们对绿色环保的热切向往，在让人惊叹不已的同时，也使得"低碳环保"和"低碳经济"的可行性大大提高，低碳生活理念成为上海世博会的亮点，上海通过在世博会期间推出《绿色指南》，在世博园区进行示范，率先将低碳理念贯彻到整个城市的经济和生活方式中。2010年5月15日北航举办了北京国际科普节启动仪式，首度开展了"低碳——我们在行动"大学生主题教育活动；2010年9月全国科普日活动中的"坚持科学发展 走进低碳生活"成为备受瞩目的新提法，以"低碳"为代表的节能减排宣传逐步成为科普主题。在节能宣传周举办第23年，我国自2013年起，将每年6月全国节能宣传周的第三天设立为"全国低碳日"。每年这个时间，全国各地同步启动，举办丰富多彩的节能低碳宣传活动，传播节能低碳理念，普及节能低碳知识，推广节能低碳技术和产品，提升全民节能低碳意识，具有重要的历史意义。

科学家与媒体面对面 科学技术与社会的发展，总与一些突发事件相伴相随而让人措手不及。2007年，关于广东甚至全国的香蕉大面积感染了"蕉癌"——"巴拿马病"的媒体报道引发了全国公众新一轮的食品恐慌及对商家、厂家的不信任，香蕉谣言风波，对海南省香蕉产业造成严重影响。2008年，三鹿牌婴幼儿配方奶粉引发的三聚氰胺事件让公众对于食品尤其是婴幼儿食品陷入恐慌，对民生问题产生极度的不安全感，让年轻的父母们无所适从。2010年3月，山西近百名儿童注射疫苗后致死或致残，引起了政府部门和社会的广泛关注。2010年，北京一小学生在老师指导下所做的紫外线观察荧光的实验中发现市场上的鲜蘑菇超九成都被荧光增白剂污染，长期吃这样的蘑菇将对人体造成多种危害。以上种种民生危机事件，引发了公众的焦虑不安，需要就诸如上述的社会热点、焦点问题来开展针对性的科普工作。通过专家及时解答社会关注的科技问题，正确引导社会舆论，帮助公众用科学的精神和态度来看待问题、利用科学的方法和知识来分析问题，老百姓才能对有关的科学知识有比较全面的了解。当然，围绕社会热点、焦点问题开展科普工作，离不开媒体的作用。①

在此社会背景下，由中国科协科普部组织的"科学家与媒体面对面"活动于2011年3月19日正式启动。每期活动都首先拟定一个与当时的社会热点、焦点紧密相关的话题，并邀请该领域2~4位专家与众多媒体人士面对面交流，在平等活泼、轻松自然的氛围下，发出科学共同体的理性声音，来引导社会舆论。例如2011年3—4月间，日

① 韩启德：《第十二届中国科协年会致辞》，《民主与科学》，2010年第6期。

本东南海域发生的地震和大范围海啸引发了福岛第一核电站的放射性物质的泄漏。铺天盖地的新闻与各种谣言持续不断地聚焦日本福岛核事故，一系列的疑问盘旋在人们心中，人们对"核"的陌生与畏惧显而易见，谈"核"色变的现象蔓延全国。在这种情况下，关于"核"的科普活动及时在全国开展。2011年4月20日，中国科协开展了主题为"认识核污染——从切尔诺贝利到日本福岛"的"科学家与媒体面对面"活动，三位核专家围绕核辐射防护、核泄漏事故与环境关系以及核辐射与日常生活，与数十家媒体展开对话，引导媒体科学理性报道核泄漏事故带来的影响。直至2014年，"科学家与媒体面对面"活动办公室持续积极与各学会、各兄弟单位及相关媒体加强合作，积极跟踪社会热点和焦点问题，紧密结合公众的科技传播需求，"科学家与媒体面对面"活动开始显示出品牌效应。

4. 实施领导干部和公务员科学素质行动

《科学素质纲要》颁布实施后，各级党校、行政学院、干部学院和社会主义学院在省部级、地厅级、县处级领导干部培训班中开设相关专题，加强对科学素质相关内容的教育培训。2008年起，"一校四院"（中央党校、国家行政学院、中国浦东干部学院、中国井冈山干部学院、中国延安干部学院）等干部培训机构，都把科学素质教育培训列入教学计划，围绕建设创新型国家和推动中国特色新型工业化、信息化、城镇化、农业现代化建设，举办专题研究班或设计教学单元。上海市开展公务员科学讲座，邀请科技专家每月为市、区两级党政机关的公务员举办一次科学讲座，打造"思齐讲坛"品牌。2009年，北京市举办公务员科学素质大讲堂，并将现场讲座录制成课件，上传到北京继续教育网、北京科普在线网上，提供给领导干部和公务员自选学习，丰富了学习形式。2006年，中央组织部会同人力资源和社会保障部及其他责任单位，研究制订了《2006年—2010年领导干部和公务员科学素质行动实施工作方案》，明确了国家领导干部和公务员科学素质行动的主要目标、任务分工和工作机制。

国家科普能力大幅提升

改革开放以来，党和政府高度重视科普工作，继《关于加强科学技术普及工作的若干意见》之后，2002年颁布了《中华人民共和国科学技术普及法》。2006年，在谋划布局国家中长期科技发展规划时，国家政策中首次提出和建立了"国家科普能力"这一概念。2007年，科技部等八部委联合发布《关于加强国家科普能力建设的意见》，进一步细化了相关要求，提出"国家科普能力表现为一个国家向公众提供科普产品和服务的综合实力"，将"国家科普能力"界定为"综合实力"，是国家能力体系的一部分，"主要包括科普创作、科技传播渠道、科学教育体系、科普工作社会组织网络、科普人才队伍以及政府科普工作宏观管理等方面"，并且，"政府科普工作宏观管理"首次成为国家科普能力建设的重要内容，进一步强化了政府在科普工作中的责任。①《国家中长期科学技术发展规划》提出，"加强国家科普能力建设"是"提高全民族科学文化素质，营造有利于科技创新的社会环境"的重要一环。自此，国家科普能力建设在各个方面得以体现。

1. 科普创作机制不断完善

随着我国对科普创作重视不断加强，科普创作的社会激励有序建立，并且不断发展。

科普创作奖项林立　为培养优秀科普创作人才创作出更多优秀科普作品，近年来，我国设立了很多奖项以激发全社会对科普创作的热情。

"中国科普作家协会优秀科普作品奖"于2008年5月由国家科学技术奖励工作办公室批准，中国科普作家协会

---

① 王康友、颜实、郑念、王刚、齐培潇：《中国国家科普能力发展报告（2006—2016）》，王康友：《国家科普能力发展报告》，社会科学文献出版社2017年版，第9页。

承办，奖励全国范围内以中文或国内少数民族语言创作优秀科普作品的作者和出版机构。截至2018年，该奖已举办了五届。

科普图书被纳入"国家科学技术进步奖"。2006年1月9日，全国科学技术大会召开，《院士科普书系》《中国儿童百科全书》《解读生命丛书——人类进化足迹》等七部科普作品荣获2005年度国家科技进步奖二等奖，这是国家科技奖中设立科普奖后的首次颁奖，从而结束了科普著作无缘国家科技奖的历史。此后的"中国科普作家协会优秀科普作品奖"特别奖和金奖作品可直接获得被推荐进入国家科学技术进步奖评审的资格，至今已有近20部推荐作品获得国家科学技术进步奖二等奖。包括科普图书《追星——关于天文、历史、艺术与宗教的传奇》、《李毓佩数学故事系列》、"好玩的数学"丛书（11册）、《回望人类发明之路》、《讲给孩子的中国大自然》、《"天"生与"人"生：生殖与克隆》、《全民健康十万个为什么》、《基因的故事——解读生命的密码》等。这些获奖作者中，既有学识渊博和经验丰富的两院院士、科普作家和科技专家，也有锋芒初露的年轻作家和学者[①]，鼓励了科普创作的热情。

---

① 张志敏：《中国科普创作能力的发展》，王康友：《国家科普能力发展报告（2006—2016）》，社会科学文献出版社2017年版，第202页。

"王麦林科学文艺奖励基金"于2013年6月18日正式设立。这是中国科普作家协会成立以来接受的首笔百万元的个人捐款，也是目前中国科普界唯一的科学文艺创作奖励基金。王麦林先生是中国科协原党组成员、中国科普作家协会创建人之一，她几十年投身科普和科普创作事业，为我国科普创作事业的繁荣发展做了大量开拓性工作，特别是在科学与文艺的结合方面成就突出。2012年10月，王麦林先生表示要将自己多年积蓄100万元捐赠给协会，作为科普文艺创作发展基金，以鼓励科普作家更多更好地创作优秀科学文艺作品。2014年10月，首届"王麦林科学文艺创作奖"由中国科普作家协会在北京颁发。此奖至今已举办了三届。获奖人先后有老科普作家、科学普及出版社原社长金涛，著名科普、科幻和传记文艺作家叶永烈，中国科学院文联主席、科学诗人郭曰方。

"吴大猷科学普及著作奖"创立于2002年，每两年评选一次，截至2018年已举办9届。该奖项由吴大猷学术基金会主办。此奖项是科普创作的专门奖项，社会知名度很高，影响很广泛，对大陆的科普图书创作起到促进作用。

"全国优秀科普作品（含译著和再版图书）"推荐活动于2011年由科技部首次组织，每年向社会公众推荐图书作品50部。2015年起，该推荐活动对推荐图书的原创性做出明确要求，体现了其对科普创作原创性的鼓励和引导，有效地扩大了科普创作、科普作品的社会影响和知名度，有利于提高科普创作的积极性和热情。

"国家图书馆文津图书奖"于2004年由国家图书馆设立，每年举办一次，每次评出获奖图书10种（可空缺）。评选范围包括哲学社会科学和自然科学类的大众读物，侧重于能够传播知识、陶冶情操、提高公众的人文素养和科学素养的普及类图书。获奖图书通过社会投票与专家评审相结合的方式产生。奖项至今已举办14届。从设立之初，科普类图书在文津图书奖中的分量就很重。从第七届开始，推荐图书中明确分为少儿类、科普类、社科类三类图书，再次凸显科普类图书的重要性。

世界华人科普作家协会成立　2006年1月18日，经澳门特区政府公示批准注册，世界华人科普作家协会成立。该协会是一个以团结世界华人科普作家、科普编辑出版家、翻译家，建立联系与合作为宗旨的非营利性学术组织。自成立以来，该协会除举办了"世界华人科普创作论坛"，表彰了一批世界华人优秀科普创作论文外，还成功地举办了全球华语科普创作的最高奖——"世界华人科普奖"，并产生广泛影响。

科普创作人才济济　这一时期涌现出很多优秀科普作家，他们的作品深受读者喜爱，受到国内外科普界的认可。

数学科普作家张景中，也是中国科学院院士，计算机科学家、数学家和数学教育学家。由他创立的"不讲数学理论只讲数学思想，用日常生活中的浅显事例，向青少年学生普及数学"的创作手法，是我国数学科普创作的一大飞跃。张景中院士的数学科普作品，不同于一般的科普读物，它不是简单的材料收集和整理，而是一个站在科学前沿的学者的真知灼见。自1980年以来，张景中发表学术论著共150多篇（册），还撰写了大量科普文章和通俗读物，1990年被中国科普作家协会审定为新中国成立以来贡献突出的科普作家之一，1994年被中国少年儿童出版社评为十大金作家之一，他主编的图书多次获奖，其中《好玩的数学》获2009年度国家科技进步奖二等奖。[①]

20余年来坚持数学科普创作的李毓佩教授，先后出版各类科普作品120余部。除了数学科普图书的写作以外，他还进行科普创作的理论研究，出版了《数学科普学》一书，开设了"数学科普研究"的课程，该课程获"北京市高等学校教学成果一等奖"。他及其作品都先后获得很多奖项，包括2010年国家科学技术进步奖二等奖。

科普作家卞毓麟从事科普创作30年，参与编著、翻译科普图书百余种，发表科普文章约500篇。代表作品有《星星离我们多远》《挑战火星》《宇宙风采》《群星灿烂》《梦天集》等。短文《月亮——地球的妻子？姐妹？

---

① 苏阳、张景中：《数学也好玩》，《中国科技奖励》，2010年第9期。

还是女儿？》《数字杂说》等入选中学语文课本。《追星——关于天文、历史、艺术与宗教的传奇》一书，获得2010年度国家科学技术进步奖二等奖。2018年11月，其著作《拥抱群星——与青少年一同走进天文学》入选"2018年全国优秀科普作品"。除了撰文著作外，他还常在各种场合作科普演讲。早在1996年的首届全国科普工作会议上，他就被授予了"全国先进科普工作者"的称号，并荣获第四届上海市大众科学奖。

中国科学院国家天文台行星科学家郑永春凭着自己对科普创作本身的热爱而获得国际认可。郑永春2004年开始从事科普创作，任中国科普作家协会新媒体专业委员会委员、北京科普创作协会理事、上海科普作家协会荣誉会员。知乎、科学网、中国科普博览知名博主、中国探月与深空探测网特约撰稿人，中国科协"科普中国"深空科普团队负责人、中国少年科学院专家委员会委员、中国科技馆青少年科技活动指导教师等。2016年，美国天文学会行星科学分会宣布，将卡尔·萨根奖授予郑永春，以奖励他"不知疲倦地向中国大众进行行星科学方面的科普，并向西方世界展示中国科学"。以著名的行星科学家和科普作家名字命名的卡尔·萨根奖主要授予那些在公众传播方面有杰出贡献的一线科学家，郑永春成为首获此奖的中国人。

科学大师名校宣传工程影响深远　"共和国的脊梁——科学大师名校宣传工程"由中国科协、教育部、共青团中央、中国科学院和中国工程院联合主办，2012年启动实施。此工程支持部分高校以排演话剧或歌剧等艺术形式，每年重点宣传一批为我国科技事业做出巨大贡献的老一辈科学家。北京大学、清华大学、上海交通大学、浙江大学、地质大学（武汉）和中国科技大学作为工程启动的首批高校，接受了创作任务，得到了科学大师家属及同事的支持和关注，先后创作了清华大学出品的以"两弹一星"元勋邓稼先科学报国事迹为主线的大型多幕话剧《马兰花开》，上海交通大学排演的话剧《钱学森》，浙江大学排演的以著名气象学家竺可桢事迹为主题的话剧《求是魂》，中国地质大学（武汉）排演的以著名地质学家李四光事迹为主题的话剧《大地之光》，中国科技大学排演的以在舞台上致敬科学大师"两弹一星"元勋郭永怀事迹为主题的音乐剧《爱在天际》等，在清华大学、北京航空航天大学、北京交通大学等高校公演后深得赞扬。活动创作至2018年共排演了14部舞台剧，先后演出近370场，50余万人次现场观看。

科幻欣欣向荣　科幻作品普遍具有激发想象力、培养科学探索精神的功能，从这个意义上说，它客观上具有一定的科普功能。20世纪末我国科幻文学创作者们积极借鉴和接受欧美和日本的科幻文化，创造出了中国科幻文学史上又一个欣欣向荣的时代。这个时期的科幻作家以王晋康、刘慈欣等为代表，将世界性的科幻文学主题与民族性的表达方式相融合，创造出了较为完善的、具有科幻现实主义风格的作品，阶段性地完成了科幻小说的中国化。[①]刘慈欣的《三体》自 2006 年开始连载以来就受到读者的热情追捧。2014 年翻译为英文后，在英语世界好评如潮，并于 2015 年 8 月 23 日获得有科幻文学诺贝尔奖之称的"雨果奖"。2018 年，刘慈欣又获得国际科幻大奖"克拉克想象力服务社会奖"。2012 年，第三期《人民文学》推出科幻小说专辑，一共刊发了科幻作家刘慈欣的四篇科幻小说。这是《人民文学》自 20 世纪 80 年代刊发童恩正《珊瑚岛上的死光》以来，时隔 30 年对科幻小说的再次关注。

同时，中国邮电、新星、重庆、希望、读客、果壳等多家出版社或民营图书公司公布了自己规模可观的科幻出版计划；而最早系统引进西方科幻经典名作的《科幻世界》杂志社，其旗下的品牌丛书"世界科幻大师丛书"则已经出版到第 110 本，成为迄今为止中国规模最大的一套科幻丛书。为进一步深耕科幻图书市场，《科幻世界》还专门成立了科幻图书事业部，甚至开始筹划中国科幻产

---

① 刘健：《中国科幻文学创作进入 80 后时代》，《天津师范大学学报》（社会科学版），2018 年第 1 期。

业园。①

科幻创作的迅速发展，一定程度上得益于科幻创作环境的优化。其中两大重要奖项——"银河奖"和"全球华语科幻星云奖"功不可没。这两个奖项相似度较高。中国的科幻界在这两个主要奖项和其他奖项的激励和推动下，优秀作家和作品不断涌现，初现繁荣。2015年和2016年，科幻作家刘慈欣、郝景芳先后斩获世界科幻大会"雨果奖"，将中国的科幻创作推向国际舞台，同时也为科普创作赢得了更多的重视和发展机遇。②我国的科幻事业由此被唤醒，中国科幻大会先后于2016年、2018年召开，会议聚焦科幻产业发展和年轻科幻创作人才的培育，中外科幻作家、学者代表、科学家、科幻产业界代表、全国科幻迷及高校科幻社团等1000余人参加了大会。

科幻电影也吸引了全国公众的注意力。2010年，美国科幻片《2012》在中国热播，公众更加关注地球与人类的未来。2014年，美国科幻片《星际穿越》继续在中国热映，掀起"科幻风"，"虫洞"等前沿科学话题引热议。2019年2月5日，中国科幻电影《流浪地球》上映，填补

---

① 姚海军：《中国科幻的现实图景》，《人民日报》，2012年9月4日第24版。

② 张志敏：《中国科普创作能力的发展》，王康友：《国家科普能力发展报告（2006—2016）》，社会科学文献出版社2017年版，第203页。

了国产硬科幻这一电影领域的空白①。该片根据刘慈欣同名小说改编，讲述了在不久的未来太阳即将毁灭，太阳系已经不适合人类生存，而面对绝境，人类将开启"流浪地球"计划，试图带着地球一起逃离太阳系，寻找人类的新家园的故事。《流浪地球》被认为"开启中国硬科幻电影时代"②。

2. 互联网等新兴媒体促进科普信息化

移动互联的迅猛发展正在深刻地影响着现代社会的变迁，智能手机、移动 App 的广泛应用，为从信息化角度推动国家科普能力建设提供了契机和便利。2014年，中国科协印发了《关于加强科普信息化建设的意见》，联合财政部实施科普信息化建设工程，引导各地大力加强科普信息化建设。各有关部门开通了科普中国微信微博、共青团微博、科普"三农"、环保科普365等新媒体阵地，拓宽了科普渠道。同时，广播、电视、报纸等各类媒体的科技宣传力度也不断加强。加强科普信息化建设成为当前和今后开展全民科学素质纲要实施工作的重要举措和方法。

中国数字科技馆　中国数字科技馆是中国科协、教育

---

① 李偲婕：《中国的科幻的"流浪"——以〈流浪地球〉分析中国科幻电影现状》，《戏剧之家》，2019年第4期。
② 姚利芬：《〈流浪地球〉开启中国硬科幻电影时代》，《科技导报》，2019年第2期。

部和中国科学院共同承担的国家科技基础条件平台建设项目，是动员社会各方力量共同建设的科普资源共建共享网络平台，旨在利用互联网为广大公众和社会各界提供科普资源和科普公共服务。中国数字科技馆于2005年启动，2009年建设完成。在中国数字科技馆建设的影响下，福建、贵州、海南、江西和宁夏等省、自治区科协建设了数字科技馆、虚拟科技馆。我国数字科技馆建设标志着网络科普资源共享服务平台基本搭建。中国数字科技馆搭建了数字化科普资源共建共享平台，并于2007年11月获得了"2007世界信息峰会"颁发的最佳电子科学奖。

中国科普博览网 "中国科普博览"是中国科学院计算机网络信息中心与中国科学院各领域专家联手打造的。这是一个综合性的以宣传科学知识，提高全民科学文化素质为目的的大型科普网站。中国科普博览网迅速发展，现已形成融科学性、权威性、趣味性、互动性于一体的独特科普风格，并先后获得"联合国世界信息峰会大奖"（The World Summit Award）和"全国优秀科普网站"奖项。它已经成为中国科学院的科普教育基地、北京市科普传媒基地、全国科普教育基地。借助于多媒体融合，经过多方努力，"中国科普博览"已经形成很多品牌化的项目。如其旗下的"SELF格致论道"公益讲坛于2014年5月份开启。SELF是Science, Education, Life, Future的缩写，提倡以"格物致知"的精神探讨科技、教育、生活、未来的发展。该讲坛邀请来自科学、艺术、教育、文化领域的知名人士,分享他们的成果、经验和观点,徐颖、魏红祥等都因SELF的科学演讲为公众所知而成为科学明星。不同于其他讲坛,SELF讲坛致力于创作和传播反映中国科技文化领域先进成果和思想,是舞台式科学演讲活动的先行者。"SELF格致论道"已经逐渐成为国内独具特色的科学文化品牌活动,一定程度上提升了我国公众的科学文化素质和科学文化自信,在科学文化传播领域具有较大的启示意义。[①]

科普中国　中国科协协同人民网、新华网、腾讯、百度等机构共同实施科技前沿大师谈等多个子项目,包括科普视频(动漫)、科普图文、科普游戏,并逐步形成包括人民网、新华网、腾讯、百度等55家大众网络媒体的传播渠道,以及一支高水平专业创作团队和专家团队。"互联网+"最大化地整合汇聚了优质科普内容,汇聚了相关国家部委、全国学会、地方科协、社会机构的科普资源。2014年,中国科协以"科普中国"品牌为统领,联合社会各界力量,大力推动实施互联网+科普和科普信息化建设工程。2015年6月,中国科学院计算机网络信息中心承担

---

① 王英、肖云、王闰强、黎文:《舞台式科学演讲的实践与传播——以SELF讲坛为例》,《科研信息化技术与运用》,2017年第5期。

建设的移动端科普融合创作项目"科普中国"正式启动。
经过两年的运营，"科普中国"项目已成为中国科学传播
最广泛的平台。中国科协在2016年印发的《中国科协科普
发展规划（2016—2020年）》中已经提出建设完善"科
普中国+内容+云+网+端+线下活动"的科普信息化体系的
宏伟蓝图。在该体系建设中，科协组织主要集中在"科普
中国"的科普内容生产、线下科普活动等方面，而科普中
国服务云、科普中国传播渠道、科普中国落地应用端等建
设都采取合作和借助的方式完成。①面对良莠并存的网络
生态，"科普中国"依托全国学会的科学传播专家团队，
建立科普内容科学性审核把关机制。另一方面，"科普中
国"建立了科普快速反应机制，突破了传统科普难以在72
小时以内广泛传播的难题，现已构建成为一个跨媒体、全
覆盖的立体化科学传播体系。

果壳网 从某种意义上说，果壳网及创建了果壳网的
科学松鼠会改变了我国民间科学传播的生态环境。成立于
2008年4月的科学松鼠会是一个致力于在大众文化层面传
播科学的非营利机构。它吸引了当代最优秀的一批华语青
年科学传播者，他们绝大多数受过科学专业训练，文字出
众，视野开阔，并对科学传播拥有高度热情，成员分布在

---

① 杨文志：《科普信息化建设新思维和新理念》，《科技导报》，2016年
第12期。

世界各地。科学松鼠会的建立旨在"剥开科学的坚果，帮助人们领略科学之美妙"。2010年，作为商业性科普新媒体的果壳网在科学松鼠会的基础上建立，短短几年时间一跃成为民间科学传播机构的中坚力量。果壳网的受众定位于年轻的高学历群体，通过多种多样的传播渠道、趣味盎然的科普文章、"让科学有意思"的理念与宗旨，使科学传播变成了一件轻松的、寓教于乐的事情。果壳的传播渠道大致分为四类，第一类是基于传统互联网的传播渠道，包括科学松鼠会和果壳网主站；第二类是基于新媒介的传播渠道，其中包括果壳的各类手机App、果壳微博链和各大果壳品牌栏目的微信端公众号；第三类是基于在线教育的传播渠道，这一类传播主要以果壳网MOOC学院为代表；第四类传播渠道包括果壳阅读、果壳线下O2O和果壳的周边小店"万有市集"。[①]

手机报　在新媒体技术的推动下，通过手机报进行科技信息传送已经慢慢转向对公众科技信息的需求和内容的细分的方向上来，科技传播的内容更加贴近生产和生活。2008年1月，山西科技报刊总社与中国移动通信集团山西有限公司协商合作，联合推出了全国第一家科技手机报——《山西科技手机报》。同年10月，山西科技报刊总

---

① 夏凡：《媒介融合背景下果壳网的科学传播体系研究》，武汉理工大学2017年硕士论文，第13页。

社进一步整合资源，针对不同人群，开通了17份科技手机报，用户达5万余人，成为山西乃至全国拥有手机科技媒体最多的单位之一。2008年9月25日，中国"神舟七号"飞船升空，《人民日报手机报》《东方手机报》《潇湘晨报手机报》等手机报对整个升空和降落过程全程跟踪报道，使手机报用户随时随地都能接收到天外宇航员的情况，作为纸媒与互联网媒体的有力补充，移动互联网媒体对科技事件的报道宣传，吸引了国民对重大科技事件的关注。

互联网信息化和新媒体基础设施的发展促使信息传播的广度和深度不断扩展和延伸。从PC端的固定网络模式到移动互联网的形成，再到大数据、云计算、虚拟现实、增强现实、人工智能等高新技术的发展与更新，使得新媒体的发展和科普信息的传播不断融合，形成科普领域的科普信息"物联网"，促成了科普的信息化。公众通过互联网等手段，非常便捷地参与科技教育、传播和普及活动。科普信息化背景下的科学传播，不再是以知识的单向传播为主的模式，而是形成多对多的良性互动网络格局。受众由"被动"变为"主动"，逐渐参与到科学传播事业中来。

3. 科普基础设施工程建设得到加强

以2002年中国科协研究制定的《科学技术馆建设标准》为基础，2007年6月27日，建设部和国家发展和改革委员会共同下发了关于批准发布《科学技术馆建设标准》的通知。这一新的《科学技术馆建设标准》对规范全国科技馆的建设，充分发挥科技馆的科普教育功能，提高公民科学素质，起到了十分重要的作用。围绕《科学素质纲要》提出的战略目标和重点任务，2008年，国家发展和改革委员会、科技部、财政部和中国科协联合下发了《科普基础设施发展规划（2008—2010—2015）》，从国家层面上加强了对科普基础设施建设和运行的宏观指导。相关部门也出台了一系列标准和规范，指导全国科普设施的发展。

科技馆建设热潮 2006年中国科协启动中国科技馆新馆建设，并于2009年9月开馆。在中国科技馆的示范引领下，各地纷纷在科技馆的建设理念、展教模式、运营管理等方面探索创新，全国形成了建设科技馆的又一次热潮，科技馆的服务效果和社会影响得到显著提升。

"中小科技馆支援计划" 为缓解我国各地展教内容不足、工作能力薄弱、人才队伍匮乏的状况，扶持、丰富地方中小科技馆展教内容，培养和提高中小科技馆展教人员的工作能力，以期"推进科普资源共享、提升各地方馆的科普展教能力"，2006年中国科协下发《关于组织常设展品巡展活动支援中小科技馆内容建设的通知》，实施一项科普资源共享项目，即"中小科技馆支援计划"，在广大的城乡播撒科学思想的种子，间接助力创新型国家的建设。自启动以来，尤其是自2008年底以来，该计划先后在新疆昌吉回族州、焉耆县、巴楚县、疏附县、疏勒县等5个地方的科普活动场所开设展览，将科普知识送到边疆少数民族地区。"中小科技馆支援计划"丰富了地方中小科技馆展教内容，有力地提高了中小馆展教人员的工作能力，提升了各地方馆的科普展教能力。

流动科技馆建设　自2006年《科学素质纲要》颁布实施以来，科普大篷车正逐步成为一支科普生力军，面向基层群众，特别是贫困、边远地区群众传播科学精神和科学思想、普及科学知识和科学方法，被誉为"流动科技馆"。2008年，中国科协启动了《科普大篷车发展规划》研究制订工作，进一步明确新形势下科普大篷车的发展思路，从指导方针、目标任务、保障措施等方面研究如何实现科普大篷车事业的科学发展。为解决科技场馆不足问题，2011年7月，中国科协启动在四川、贵州、青海等9省、自治区开展流动科技馆巡展试点工作。2013年，中国科协和财政部联合启动中国流动科技馆项目，由9个试点省、自治区扩大到23个省、自治区、直辖市。流动科技馆以"体验科学"为主题，通过声光体验、电磁探秘、运动旋律、数学魅力、健康生活、安全生活、数字生活7个主题展区的50件互动展品，与科学表演、科学实验、科普影视相结合，为公众提供参与科学实践的场所，观众可以在这里感受"科学体验"的快乐。2012年，中国科协从公共科普设施与资源供应严重不足且分布不均衡的状况出发，启动建设以实体科技馆为龙头和依托，统筹流动科技馆、科普大篷车、农村中学科技馆、数字科技馆发展，构建辐射带动其它基层公共科普服务设施和社会机构科普工作的中国特色现代科技馆体系，实现了流动科普服务全覆盖。

4. 高层次科普人才队伍初步形成

自2002年以来，我国与科普相关的一系列重要法律法规和政策文件中都提出了促进科普人才队伍建设的明确要求。2006年，国务院颁布了《科学素质纲要》，将科普人才培养作为公民科学素质建设的基础工程。2010年7月，中国科协颁布了《中国科协科普人才发展规划纲要（2010—2020年）》（以下简称《科普人才发展纲要》），为进一步推动全国科普人才队伍的建设和发展发挥了十分重要的作用。

科普硕士培养试点 2012年1月17日，时任国务委员刘延东在《科学素质纲要》实施工作汇报会上，提出"要积极探索在高校开设科普相关专业和课程，培养本科或研究生阶段的科普人才"的要求。同年，教育部与中国科协联合开展推进培养科普硕士试点工作，首批在清华大学、浙江大学、华中科技大学、北京航空航天大学、北京师范大学、华东师范大学等6所985高校进行。科普硕士培养由中国高层次科普专门人才培养指导委员会直接负责，中国高层次科普专门人才培养指导委员会由教育部和中国科学技术协会领导，并对高层次科普专门人才培养工作进行咨询、指导和服务。指导委员会吸收了来自教育学、艺术设计、博物馆学、传播学与普及领域的知名专家，聘请卡林加奖得主李象益等多名国内知名专家担任顾问。除此之外，还有独自开展科学传播相关专业研究的"985工程"高校，如北京大学、北京理工大学、湖南大学、中国科学院大学、复旦大学、中国农业大学等诸多高校也已开始培养科学传播方向的研究生。普通高校中，郑州大学、中原工学院等也开有科学技术传播专业硕士培养阶段。①

首席学科科学传播专家 2013年，中国科协部署开展科学传播专家团队组建工作，引领、推动、指导我国学科科学传播工作全面发展。全国学会按照"依托学科、立足实际、以用促建、共建共享"的基本原则，以自然科学、技术科学、工程技术及其相关学科的三级以上学科（专业、领域、行业）为单元，围绕国家经济社会发展和人民生产生活的实际需求，从各学科领域科技工作者中，遴选

---

① 程华伟：《中美高校科学传播专业教育比较研究》，中原工学院2017年硕士学位论文，第19页。

出一批具有较高学术造诣和科普能力的专家，组成学科科学传播专家团队。各团队推举产生首席科学传播专家一名，由中国科协聘任。2013年12月26日，中国科协聘任了40个全国学会推荐的156名专家为第一批全国学科首席科学传播专家，聘期3年。截至2019年，中国科协已经有6批科技专家被聘任为全国学科首席传播专家团队。科学传播专家团队组建后，主要围绕学科前沿进展和基本科技常识等，领衔开展科普创作、传播，推动学科或行业科技博物馆、科普基地、科普人才队伍等基础条件建设，推动科研机构、高等院校、企业等单位开发开放优质科普资源，全面规划和推进学科科普工作。

博士后工作站 2008年6月，中国科普研究所设立了我国科学普及方向第一个博士后工作站。随着众多高校的加入和研究力量的不断加强，我国科学传播和科学普及的研究逐渐活跃，推进了我国科普理论研究，也为我国公民科学素质建设培养了大量人才。

5. 部委行业的科普逐步品牌化

按照《科学素质纲要》要求，全国各相关部委、各级地方已经制定相关政策文件，采取各种措施，组织各种活动，为提高全民科学素质服务。

中国科学院的科学传播工作 多年来，中国科学院在国家科普政策的指引下，利用自身的资源优势开展了多项具有一定规模的科普活动，形成了相对完备的科学传播体系，包括科普机构、科普人员、科普受众、科普活动、科普经费等。在组织机构方面，中国科学院设有科普工作领导小组和科普办公室，负责中国科学院的科普工作，力求将科学研究成果惠及社会公众。为了更进一步增强科学传播的效果，中国科学院于2013年筹建了科技传播局，负责对院属单位科学传播工作的组织管理、宏观指导与综合协调，负责策划与实施全院重点工作的传播活动。在科普人才方面，一大批科技人员是从事科普工作的主力军，包括院士、老科学家、科技人员、志愿者及院外人士。科普受众面向社会公众，尤以青少年为主。经过多年努力，中国科学院逐步打造了多项科学传播的品牌，消除公众对尖端科学的神秘感和距离感。中国科学院具有特色的科学传播活动包括中国科学院"公众科学日"、"科学与中国"院士专家巡讲、老科学家科普演讲。[①]

中国科学院"公众科学日" 此项活动是中国科学院一项重要的科学传播活动。2005年5月举办首届活动以来，"公众科学日"每年5月开展一届，至今已举办了14届。活动的主要内容是科研院所向社会公众开放，并结合

---

① 王志芳、贺占哲：《中国科学院科学传播模式研究》，《科技传播》，2015年第2期。

科普展览、科普报告、重点实验室开放等形式多样、内容丰富的科学文化传播与交流活动。活动的目的是让更多的公众和青少年走进科研院所，近距离了解科学研究的现状、感受科学研究过程、共享科学研究成果，同时进一步提升科研机构、科研人员服务社会、回报社会的公益意识。自举办以来，"公众科学日"活动的社会影响力逐年增强。

"科学与中国"院士专家巡讲活动　长期以来，中国科学院推动科普工作联动，与其他部委联合开展科普工作。"科学与中国"院士专家巡讲团活动于2002年由中国科学院牵头发起，是与中央宣传部、教育部、科学技术部、中国工程院、中国科协共6家单位共同主办的高层科普宣讲活动。目的是通过科普讲座的形式，在院士、专家与社会公众之间搭建沟通交流的平台。据不完全统计，截至2013年4月，"科学与中国"院士专家巡讲团共举办报告会近900场，1007人次的院士、专家参加活动，会场直接听众达40万人次以上。10年间，活动范围由北京地区，逐渐扩展到全国各地。如今，这一活动已成为受到社会关注与认可的科学文化传播品牌领域的"知名品牌"。

"中国科学院老科学家科普演讲团"演讲团组建于1997年，队伍以中国科学院为主，包括各部委、院、校的退休和部分在职的专家、教授组成。老科学家科普演讲团非常重视人员的选拔，凡进团的都必须经过试讲评审，不论是研究员、教授、博导还是院士，无一例外。现在的流程是听老团员讲课—自定题目—准备好PPT—试讲评审。评审人员十几位，直截了当提意见，淘汰率是50%左右。老科学家科普演讲团21年来共做报告25000多场，报告题目多样。中国科学院有100多个研究所，加院外的大学，报告内容上至天文、下至地理，航天航空、机器人、人工智能、物理、化学、生物、生态等涉及几十个专业，有几百个题目，听众达900万人次。^①

中国气象局的科普工作　为加强对气象科普工作的组织与引导，1980年1月，中国气象学会正式成立科普工作委员会。1996年，中国气象局专门成立了"科普工作协调小组"并下设科普工作办公室。2008年，中国气象局又成立了公共气象服务中心，形成了行业、部门和学会共同推进气象科普工作的统一协调机制。公共气象服务中心在气象科普业务发展方面进行了有益的探索和尝试，基本形成了科普杂志出版、科技展厅开放、校园气象站（兴趣小组）建设及网络气象科普等基础业务。如为增强全社会的气象防灾减灾意识，提高公众防灾减灾能力，中国气象局和中国气象学会在四川省成都市联合启动了"2009年气象防灾减灾宣传志愿者中国行活动"。这次活动是2007年

---

① 武向平等：《科学素质促进与社会参与》，《科技导报》，2019年第2期。

创办以来，中国气象事业发展史上参与人数最多、活动地域最广、规模最大、最专业、影响最大的一次气象防灾减灾志愿者宣传活动。2012年8月，中国气象局宣布中国气象局气象宣传与科普中心正式成立。它主要承担全国气象宣传与科普工作的策划、组织实施与业务指导，全国气象宣传与科普工作规划、计划的编制，组织气象宣传与科普基础研究和产品研发等，承担国家级媒体和境外媒体的联系、服务和协调等相关事务工作。同时公共气象服务中心的相关科普业务职责划转至气象宣传与科普中心。各省级气象部门也逐步探索成立对应的气象科普业务机构，气象科普逐步迈向业务化。至2018年10月第六次全国气象宣传科普工作会议召开之时，中国气象科普已经基本实现：社会化格局初步形成，常态化工作取得成效、科普业务能力明显增强、科普品牌打造特色鲜明、科普创作创新成果丰硕。

6. 科学教育拓宽科普渠道

多年来，我国的科学教育在理论与实践中都有了很大进展。

中国教育学会科学教育分会成立　为了推动第八次基础教育课程改革，促进我国科学教育改革与国际科学教育改革的接轨，2009年，中国教育学会科学教育分会成立，主要负责组织开展与高等院校科学教育专业建设有关的理论课程设置研究、教学实践研究和教材开发；组织开展与中小学科学课程、教学相关的理论和教学实践研究；举办全国范围的与科学教育相关的学术研讨和交流活动；组织开展与科学教育相关的业务培训和咨询服务等。

科学课程标准改革 2001年，国家启动了21世纪第一轮基础教育课程改革，经过10余年的实践探索，各学科课程标准的理念和目标逐步得到广大中小学教师的认同。同时，在课程标准执行过程中，也发现一些标准的内容、要求有待调整和完善。因此，2011年12月28日，教育部印发了《义务教育初中科学课程标准》（2011年版），内容包括初中科学、地理、化学、生物、数学、物理在内的19个课程标准，这是对2001年印发的义务教育各学科课程标准（实验稿）的修改和完善，并于2012年9月开始实施。新的课程标准特别强调能力培养，明确要求"科学课程以提高每个学生的科学素养为总目标"。如理科课程强化了实验要求，物理课程明确列出了学生必做的20个实验，化学课程要求学生独立完成8个实验，以加强动手能力的培养。

基于学生发展核心素养框架，教育部于2017年新修订了《义务教育小学科学课程标准》，将三年级起开设课程提前至一年级，课程内容以学生能够感知的物质科学、生命科学、地球与宇宙科学、技术与工程4个领域为主，突出强调课程实施的主要形式是探究活动，保护学生的好奇心和求知欲，培养学生的创新能力。

馆校结合的实践与理论探讨 近年来，中国科技馆在教育活动开发方面越来越多地引入了探究式学习、STEM教育等教育理念。教育活动更加注重探究的过程，将科学、技术、工程、数学4个领域的学科知识和技能整合到一个活动中，使学生学习的零碎知识变成一个相互联系统一的整体，形成跨学科的学习方法。2013年，中国科技馆与中小学教师合作，应用探究式学习理念，基于科技馆展品，针对参观前、参观中、参观后三个阶段开发学生实践体验素材。2015年起，中国科技馆依托科技馆资源，结合中小学课程标准陆续向公众推出不同主题，不同类型的科学实践课，并于2016年推出"百门主题科学实践课"。与此同时，与部分学校物理老师共同编写教材，以中国科技馆60余件经典展品为切入点，紧密结合学校教育，依据学生认知特点和日常生活经验设计科学实践活动，倡导"玩中学""做中学"以及探究式学习和启发式教学。为加大馆校结合工作力度，挖掘馆校合作服务深度。2017年开始，中国科技馆设立"馆校结合基地校"项目，并依据市级重点校、科技特色校、远郊区县校三类学校进行分类布局，择优选择了200所学校成为首批签约校。中国科技馆为签约校提供包括场馆活动、创新人才培养、校本课程开发、科技教师培训、科技馆活动进校园五大方面的服务内容。"馆校结合基地校"项目的成立，标志着科技馆与学校建立起了校内外科技教育相结合的运行机制。[①]

到目前为止，绝大多数科技馆都或多或少以各种形式与学校进行合作开展了一些活动，如上海科技馆开设的赛复DIY实验室，广西科技馆的"科学探究魅力课堂"，郑州科学技术馆的教师培训项目等。[②]为了给国内外科技类场馆和中小学的科学教育实践者、研究者、管理者和政策制定者搭建交流的平台，以理论和实证研究引领科技场馆科学教育实践，中国科普研究所连续每年举办"馆校结合科学教育论坛"，迄今已成功举办10届，论坛以理论和实证研究引领科技场馆科学教育实践、为提升青少年科学素质发挥了积极作用。

① 乔璐：《关于馆校结合教育的发展和研究》，《面向新时代的馆校结合·科学教育——第十届馆校结合科学教育论坛论文集》，科学普及出版社2018年版，第22页。

② 杜贵颖、饶加玺、鲍贤清：《馆校结合课程中的活动要素和流程设计分析——以上海自然博物馆和上海科技馆"博老师"项目为例》，《面向新时代的馆校结合·科学教育——第十届馆校结合科学教育论坛论文集》，科学普及出版社2018年版，第180页。

公民科学素质建设得到保障

1. 公民科学素质建设的政策环境优化

《科学素质纲要》颁布实施以来，各级政府将公民科学素质建设纳入重要议事日程，加大各项政策制定出台的力度，政策环境日益优化，有力地推进了《科学素质纲要》的贯彻实施。

自2006年国务院颁布实施《国家中长期科学和技术发展规划纲要（2006—2020年）》，并明确提出"实施全民科学素质行动计划"后，2007年新修订的《中华人民共和国科学技术进步法》强调："国家发展科学技术普及事业，普及科学技术知识，提高全体公民的科学文化素质。"《国民经济和社会发展第十三个五年规划纲要》（国家"十三五"规划）、《中共中央国务院关于深化科技体制改革加快国家创新体系建设的意见》、《深化科技体制改革实施方案》等政策文件均将公民科学素质水平作为重要发展目标。《国家中长期人才发展规划纲要（2010—2020年）》《国家创新驱动发展战略纲要》《国家中长期教育改革和发展规划纲要（2010—2020年）》等政策文件也将公民科学素质建设作为重要工作内容。《全民科学素质行动计划纲要实施方案（2011—2015年）》

和《全民科学素质行动计划纲要实施方案（2016—2020年）》，对5年内公民科学素质建设工作进行具体部署，并确立了到2020年我国公民具备科学素质的比例超过10%的奋斗目标，该目标被写入国家"十三五"规划。

中央有关部门根据职能，也出台了多项推动科学素质工作的政策措施。2007年，科技部、中宣部、国家发展改革委、教育部、国防科学技术委员会、财政部、中国科协、中国科学院等8部门联合发布了《关于加强国家科普能力建设的若干意见》，明确提出了新时期加强国家科普能力建设的指导思想和目标，详细地阐述了国家"十一五"期间加强科普能力建设的主要任务，提出了切实可行的保障措施，为动员全社会加强国家科普能力建设提供有力支撑。

《科学素质纲要》实施部门围绕工作主题推动各项政策贯彻实施，围绕重点人群和基础工程出台政策性文件，加强政策指导，为《科学素质纲要》的实施提供了保障。地方各级政府根据本地实际出台有关政策，推动《科学素质纲要》在基层的落实。各省（自治区、直辖市）和新疆生产建设兵团全部制订了《科学素质纲要》实施的总体方案和各项任务的具体工作方案，明确了工作目标、任务和责任分工。在实际工作中，各地因地制宜，不断探索完善各种切实可行的联合协作的工作机制，加强了部门间和各

地的沟通交流，从上到下基本形成了"政府推动、多部门
联合协作、社会和公众广泛参与"的工作格局。

习近平总书记高度重视科学普及和公民科学素质建设
工作，先后5次参加全国科普日活动。早在2009年参加全
国科普日时总书记就指出，科技创新和科学普及是实现科
技腾飞的两翼；2010年进一步指出，科学研究和科学普及
好比鸟之双翼、车之双轮，不可或缺、不可偏废；2012
年再次强调，各级党委和政府要坚持把抓科普工作放在与
抓科技创新同等重要的位置，支持科协、科研、教育等
机构广泛开展科普宣传和教育活动，不断提高我国公民
科学素质，为实现到我们党成立100周年时进入创新型国
家行列、到新中国成立100周年时建成科技强国的宏伟目
标，奠定更为坚实的群众基础、社会基础。2016年5月30
日，全国科技创新大会、两院院士大会、中国科协第九次
全国代表大会在北京隆重召开。习近平总书记发表重要讲
话，明确提出"科技创新、科学普及是实现创新发展的两
翼，要把科学普及放在与科技创新同等重要的位置；没有
全民科学素质普遍提高，就难以建立起宏大的高素质创新
大军，难以实现科技成果快速转化"。"两翼论断"的提
出，既是习近平总书记一以贯之的科技创新思想的体现，
也是党中央对科学普及在建设世界科技强国进程中的战略
定位和任务要求。党的十九大开启了中国特色社会主义新

时代。十九大报告强调，倡导创新文化，弘扬科学精神，普及科学知识，大力提高国民素质，对在新的历史条件下更好发挥"创新发展科普之翼"作用，为实现"两个一百年"奋斗目标、满足人民美好生活需要和构建人类命运共同体提供支撑和保障，赋予了科普工作新的使命与责任。随着党的十九大胜利召开，我国科普事业在习近平新时代中国特色社会主义思想指引下，呈现出欣欣向荣的景象。[①]

2. 科普激励机制趋向成熟

相关部委及地方采取激励措施来推动中国科普人才队伍的建设及优秀科普作品的推出。

2012年5月全国科技活动周期间，由"首都科学讲堂"发起，北京市科协创办首届"科学传播人"颁奖盛典。活动由公众投票选举，8名学者、资深媒体人获得"科学传播人"殊荣，包括"嫦娥之父"欧阳自远院士、北京天文馆馆长朱进、天文学家王绶琯院士、亚太地区科技馆联盟创始人李象益、中国疾病预防控制中心营养与食品安全所研究员马冠生、科普出版社社长苏青、科学漫画家缪印堂、《中国国家地理》杂志执行总编单之蔷等。活动旨在打造科技界公信力大奖，选出大众心中最喜爱的科

---

① 徐延豪：《四十载砥砺前行 新时代再书华章——"科学的春天"40年科普事业回顾与展望》，《中国科学院院刊》，2018年第4期。

学人物，体现"科学传播我参与"。截至2013年9月，科学传播人奖已成功举办两届。

中国气象学会2007年向科技部申请设立"邹竞蒙气象科技人才奖"，并于2008年2月获得批准设立，首次明确对在科普工作中做出突出贡献的气象科技工作者予以奖励。此奖旨在纪念邹竞蒙同志为我国气象事业发展所做出的杰出贡献，奖励"在中国从事气象科研、业务、管理以及气象科技创新、教育培训、科普、宣传等工作中做出突出贡献的优秀气象科技工作者"。该奖每两年评选一次。

上海市"大众科学奖"由上海市科学技术协会于1996年设立，以表彰和奖励在本市科学技术普及事业中做出突出贡献的个人。大众科学奖每两年评选一次，每届大众科学奖获奖者1名，大众科学奖提名奖获奖者2名。此奖至今已举办12届。

其他类似奖项还有很多，比如为了繁荣环保科普创作，丰富环保科普资源，2006年，中国环境科学学会设立了"环保科普创新奖"。截至2017年，此奖已开展6届。中国科协2016年以来举办了"典赞·科普中国"活动，都在不同程度上激发着科普人员的创作热情。

3. 科普理论研究走向深化

随着科普事业的深入发展，尤其是《科学素质纲要》

颁布实施以来，我国的科普理论研究取得不少成绩。

科普研究项目得到中央有关部门的资助 《科学素质纲要》颁布实施以来，科技部先后资助了"关于《科学素质纲要》实施的监测评估指标体系研究""中国公民科学素质基准研究"等多项研究课题，内容涉及科普理论、科普政策、科普实践等，有些课题成果已得到应用。中国科协则面向社会共资助34个科普研究类项目。这些项目围绕国内外科普理论、公众科学素养调查、科普资源、科普政策、监测评估、科普创作等方面展开重点研究，出版了一系列相关成果。

各类科普理论研讨会议促进了学术交流 《科学素质纲要》颁布以来，科普理论研究成为我国很多高校和科研机构的一个比较重要的研究方向，学术交流也随之增多。

中国科普研究所每年举办"全国科普理论研讨会"，是我国科普理论与实践研究的重要平台，引起了国内外科普研究人员的关注。特别是2010年举办的"2010科普理论国际论坛暨第十七届全国科普理论研讨会"，吸引了来自美国、英国、加拿大、印度、澳大利亚等11个国家的13位国外学者参加大会并作了发言，共有来自国内外500多人参加大会。至2018年以来，中国科普研究所已经召开25届研讨会，显示了我国的科普理论已经进入国际视野。

由2006年成立的中国自然辩证法研究会科学传播与科

学教育专业委员会，于2007年主办了第一届"全国科学传播学术会议"，每两年举办一次，至2015年已经举办了5届；从2014年开始又举办了系列"北京科学传播学论坛"，至2018年已举办4次。研讨会吸引了国内科学传播研究领域的学者们的积极关注。

科技部政策法规司主办的"国家科普能力建设论坛"已分别在上海、南宁、北京成功举办3届；中国气象学会于2007年10月与2009年10月利用中国气象学会学术年会平台举办了两届气象科普论坛，共收到各地提交的论文150余篇，100余人在论坛进行了交流与研讨；北京科学传播创新与发展论坛已成功举办8届，是贯彻落实《科学素质纲要》的品牌活动，对加强科普人才队伍建设发挥了积极作用。

《科普研究》搭建学术交流平台　作为中国科普研究领域中重要的学术刊物，《科普研究》从20世纪80年代初开始，至今已走过20多年历程。这些年来，中国科普研究所主办的这本科普学术期刊发表了上千篇科普理论和实践探索方面的文章，概括地反映了中国科普理论界的思想发展历程和对科普的认识发展过程，在科普研究领域产生了十分重要也非常有益的影响。自创办以来，《科普研究》聚焦中外科技传播前沿动态，为广大科技传播和科普工作者搭建了一个交流科普研究学术思想的平台。其刊文范围包括科技传播、科学教育、科普展教、科学与文化等领域。近年来，《科普研究》收到来自全国甚至国外高校和科研机构的论文投稿。面对诸多来稿，编辑部高度重视提高学术质量，精心策划优质选题，重点打造专题栏目及特色栏目，刊登了大批学术水平高、种类丰富的论文。2015年，《科普研究》入编《中文核心期刊要目总览》2014版（第七版）之科学、科学研究类的核心期刊及武汉大学"RCCSE中国核心学术期刊"，标志着《科普研究》自2006年4月正式公开发行以来学术质量得到肯定。《科普研究》成为"双核心"期刊是该刊建设多年努力的重要成果体现，标志着《科普研究》迈上了新的台阶，步入了崭新的发展阶段。

4. 中国公民科学素养调查体系形成

2006年我国颁布《科学素质纲要》，标志着我国公民科学素质建设正式纳入了全党全国工作大局，开始了政府推动、全民参与的历史新时期。中国科普研究所承担的2007年中国公民科学素质调查，是在《科学素质纲要》领导小组的支持下，经国家统计局批准的一个重要项目。这也意味着自从启动以来，这项调查首次被纳入国家统计制度，调查的级别由"国统函"提高到"国统制"的高级别。2007年的调查同时肩负着《科学素质纲要》对公民科学素质的首次评估任务。[①]

2012年9月出台的《中共中央国务院关于深化科技体制改革加快国家创新体系建设的意见》明确提出：到2015年，我国公民具备基本科学素质的比例超过5%，由此，把科学素质建设工作全面纳入到创新型国家目标体系中。2015年9月，中国科协发布第九次中国公民科学素质调查结果：2015年我国公民具备科学素质的比例达到了6.20%，比2010年的3.27%提高了2.93个百分点；我国公民科学素质总体水平大幅提升，圆满完成了"十二五"我国公民科学素质水平超过5%的目标任务。2016年2月25日，国务院办公厅印发的《全民科学素质行动计划纲要实施方案（2016—2020年）》在认同第九次中国公民科学素质调查结果的基础上，进一步提出了"到2020年，中国公民具备科学素质的比例超过10%"的奋斗目标。[②]为深入推动《科学素质纲要》实施，2018年中国科协组织开展了第十次中国公民科学素质抽样调查。调查结果显示，2018年我国公民具备科学素质的比例达到8.47%，比2015年的6.20%提高2.27个百分点，为完成《国民经济和社会发展第十三个五年规划纲要》中2020年"公民具备科学素质的

① 何薇：《公民科学素养研究在中国的十九个春秋》，《科普研究》，2008年第4期。

② 何冀扬、文兴吾：《科学素质调查的发展与创新》，《中华文化论坛》，2016年第8期。

比例超过10%"的目标奠定了坚实基础。①

5. 加强国内、国际交流与合作

随着科普理论研究的逐渐深入，加强与国内外同行的对话交流就显得非常有必要了。

加强与港澳台地区的科普交流 2008年6月，在经过两会（大陆海峡两岸关系协会与台湾民间组织海峡交流基金会）恢复接触往来后，海峡两岸各方面的往来都变得频繁起来。科普方面也不例外。2010年3月在台湾，中国科协和李国鼎科技发展基金会共同举办了"2010年海峡两岸科学传播论坛"，成功地为海峡两岸科技传播活动搭建了交流平台。为进一步加强和深化海峡两岸在科技传播领域的交流与合作，中国科协和李国鼎科技发展基金会在北京再次共同举办"2011年海峡两岸科技传播论坛"。之后，中国科协与台湾每年都会合作举办"海峡两岸科学传播论坛"，至今此论坛已经连续举办了8届。

除此之外，中国科协与香港工程师学会、京港学术交流中心、香港科学技术协进会、澳门科学技术协进会、澳门科学技术发展基金、澳门工程师学会、台湾李国鼎科技发展基金会、台湾玉山科技协会、台湾中华青年交流协会

---

① 中国科普研究所：《第十次中国公民科学素质调查结果公布》，《科协论坛》，2018年第9期。

等几十家港澳台科技团体和组织建立了长期且较为密切的合作关系。涌现出多个品牌交流项目，在青少年交流方面，有中国科协的"青少年高校科学营""港澳台大学生暑期实习活动""海峡两岸青年学子科技交流活动"等；在学术交流方面，有自然资源部与香港共同开展的"地学科普能力建设研讨班"等。这些都促进了海峡两岸与香港、澳门的科普学术交流活动。

国际交流活动不断扩大深化 不论从科普理论还是科普实践来看，国际交流都成了当今我国科普界发展的必要方式。

北京市科协从2011年起开始举办每年一度的科学嘉年华，并走向国际化。以"感受科学、享受科学"为主题的首届北京科学嘉年华为期8天，主场活动吸引了德国科学日、新加坡科学馆、日本函馆科学节、日本振兴财团、英国大使馆文化委员会等多个国家、机构的32个国际互动科普项目参与展示。来自亚洲、欧洲、美洲、大洋洲和非洲的多个国际科研机构与院校搭建科普平台，让参与者和科研人员面对面进行交流，参与科普实验和活动。科学嘉年华成为国际科普同行的盛会和相互交流合作的重要平台。

2017年5月在全国各地开展的全国科技活动周上，由科技部中国科学技术交流中心主办，北京市科学技术研究院、北京国际科技服务中心、北京对外科学技术交流中

心共同策划设计的"一带一路"国际科普乐园互动体验展
在全国科技活动周上海分会场暨上海科学节的主场——上
海科技馆亮相。"一带一路"国际科普乐园邀请了波兰、
荷兰、匈牙利、新加坡、马来西亚、捷克等来自"一带一
路"国家的科学家和科普教师，以体验科技产品、开展科
学实验、观看科普电影等多种形式与观众进行互动，生动
有趣地传播科学知识。活动举办期间吸引了来自沪杭等周
边地区的大量群众参观，引起了较好的社会反响。

为推进"一带一路"沿线国家科学文化的交流，加强
沿线国家自然科学博物馆之间的合作，2017年11月，由
中国自然科学博物馆协会主办、中国科学技术馆和上海科
技馆联合承办的首届"一带一路"科普场馆发展国际研讨
会在中国科技馆召开。此次大会共有来自"一带一路"沿
线22个国家24家科普场馆和机构的44位馆长及负责人，
以及中国国内130余位馆长和负责人参加，大家围绕"协
同共享、场馆互惠、共建科学传播丝绸之路"大会主题，
共话沿线国家科普场馆间长远合作愿景，共商构建沿线国
家科普场馆命运共同体大计。会上，中国自然科学博物馆
协会及其会员单位分别与俄罗斯、缅甸、澳大利亚、加拿
大等国的重要科普场馆或机构签署11个全面合作框架协议
或"科普资源互惠共享计划"协议。另外，与会各国代表
在充分讨论并达成共识的基础上，通过共商合作、共建平

台、共享成果的《北京宣言》，成为本次会议最大的成果和亮点。

2018年9月17日，首届世界公众科学素质促进大会在北京开幕。大会以"科学素质与人类命运共同体"为主题，旨在以共商共建共享中深化交流合作，为落实联合国2030年可持续发展议程、构建人类命运共同体发挥重要促进作用。习近平主席专门为大会发来贺信，王沪宁同志出席大会并致辞，联合国秘书长古特雷斯发来贺信，众多专家学者分享了精彩报告，展现了世界各地提升公众科学素质探索与实践的丰硕成果，对增强公众科学素质建设、增进人类社会福祉具有重要启示。本届大会通过并发表了《世界公众科学素质促进北京宣言》，标志着旨在促进公众科学素质的科普进入新时代。

2006年以来的我国科普事业，在党和政府的方针政策指引下，把科学普及放在与科技创新同等重要的位置上，不仅开创了"大联合、大协作"的局面，也在进一步提高全民科学素质的道路上有所成就。